文春文庫

幽霊暗殺者

赤川次郎

文藝春秋

幽霊暗殺者　目次

幽霊暗殺者

第一話　星をつかまえろ

1

「ちょっと相談なんだけど」

――こんな風に全く知らない人間が持ちかけて来た話で、あてになるものなどない。

そのことはよく分っていたのだが、バーのカウンターで飲んでいて、隣の椅子にかけた男が突然そう言って来たら、逃げようがないではないか。

それでも私は、

「一人じゃないんでね」

と、はぐらかそうとした。

それは嘘ではなく、私の反対側の隣席には、永井夕子が腰をかけて、カクテルを飲んでいたのである。

「お二人だって、悪い話じゃないよ」

男は、さほど酔っているようには見えなかった。三十五、六というところか。見かけは大分くたびれて老けている。

「私たちの貴重な時間をさくほどの大切なお話？」

と、夕子が言うと、

「もちろん！　金《かね》の話さ。大切だろ？」

「考え方ね」

「世の中、金さ！　金儲けしたくない奴なんか、いやしない」

男はそう言って、「おい、水割り！」

と、注文すると、

「悪いけど、あんた、払ってくれよ。代りに儲け話を教えるんだから」

「冗談じゃない」

と、私は言い返して、「勝手に人の懐をあてにするなよ」

「ハハ、怒るな、って」

卑屈な笑いだ。「スポンサー」には頭を下げる、当節のパターンである。

「なあ、聞けよ」

と、男は私の腕をつかむと小声になって、

「今、テレビでやってるの、知ってるだろ。手配中の逃亡犯、『武川』って奴を捕まえたら五百万！」

私はその男を見た。

「ほら、興味を持ったろ！　目が輝いてるぜ！」

誤解している。しかし、私はあえてそのままにして、

「武川真一のことか？」

と訊《き》いた。

「そうそう！　知ってんじゃないの」

と、男は上機嫌で、水割りを飲んだ。

「何か、手がかりでもあるのかい」

と、私は言った。

「おっと、その先は言えないね。タダじゃ何だって手に入らないぜ」

と、男は笑った。

私は肩をすくめて、

「じゃ、聞かなくて結構」

と、財布を取り出すと、「この人の一杯を入れて、いくら？」

「もう行く？」

「ああ。時間がもったいない」

私は、支払いをすませ、夕子と一緒にバーを出た。

師走の夜風は冷たい。

「——追ってくる?」

「さあね。追っかけて来なきゃ、でたらめさ」

私と夕子が肩を寄せて歩き出すと、

「おい! ——待てよ!」

あの男がバーから出て来て、「そうあわてるなって!」

「構わず行こう」

と、私と夕子は足を速めた。

「——おい! 待ってくれよ!」

男が息を切らしながら追ってくる。

——二、三分行って、もういいかと足を止めて振り向くと……。

いない。男の姿は見えなかった。

「何だ。人騒がせだな」

と、私は苦笑して、「あの〈賞金五百万〉ってのも考えもんだ」

「そうね。素人が手を出すと、危いってこともあるし」

と、夕子は言った。「じゃ、体が暖まったところで、二人きりになれる所へ——」

ウーン……。

妙な声がした。

「何だ、今の？」

夕子は、夜道を振り返って、じっと目をこらしていたが――。

「あれ……倒れてるんだわ」

「え？」

私もじっと暗がりに目を見開いて、やがて、十メートルほど後ろに引っくり返っている男の姿を見付けたのである。

「早い話が、空腹ですね」

と、医者が言った。

「――空腹」

「そうです。空きっ腹にアルコールを入れたんで、たちまち酔いが回って、バタンキュー、ってやつです」

私は夕子と顔を見合せて、

「やれやれ……。お手数かけて」

「いやいや。今は、眠ってます。じき、腹が空いて目を覚ますでしょう」

当直の医師が行ってしまうと、

「頭に来る奴だ！」

と、私は腕組みをした。

「そう怒らないの。――何でもなくて良かったじゃない。あれで、発作で死んじゃったとか言われたら、後味が悪いわ」

夕子の言う通りではあるが――。

警視庁捜査一課の警部をつとめる私にとって、この女子大生の若き恋人、永井夕子とのんびり過す時間を作り出すのは容易なことではないのだ。それを、こんなことでむだにされたのでは……。

「もう行こう」

と、私は言った。「家へも連絡したし、また目を覚ましたら、たかられそうだ」

「でも、もうすぐ家の人がみえるんでしょ？　それまで待ってましょうよ」

と、夕子は言った。

「だけど……」

「万に一つ、本当に武川真一を見付ける手がかりを知ってるのかもしれないわ」

「あんなの、たかるための出まかせさ」

と、私は言った。

——武川真一。

今、四十八歳になっている。指名手配中の殺人犯で、あと半月ほどで時効が成立する。テレビで、「時効成立を間近に控えた」事件について、このところよく放映されるようになった。

実際に、時効寸前の殺人犯がそれで逮捕されたこともあって、テレビの力の大きさを私たちも知らされたのだった。

武川真一も、そんな形でテレビのドキュメント番組で取り上げられ、もうここ七、八年、世間には忘れられた存在だったのが、一気に注目されてしまった。

それだけではない。そのテレビ番組には、武川真一に殺された女性の父親が出演し、テレビカメラを通して、

「武川真一の逮捕か、もしくは、逮捕につながる重要な手がかりを提供してくれた人に、五百万円の賞金を進呈する」

と、宣言したのである。

話題にもなり、もちろん、テレビ局の専用電話は鳴りっ放しであった。

とはいえ、まだ「これ」といった有力な情報は寄せられていなかった。

あの男——持っていた手帳から、安田則夫という名と分った——も、その「五百万円」の賞金に舌なめずりしている、のだろう。

「——すみません」

と、声がして、十四、五歳の少女が立っていた。

「何だい？」

「あの……安田則夫の家の者ですけど」

私はびっくりした。

「君、さっき電話に出た人？」

「宇野さん……ですか」

「うん。いや、しかし——」

「私、娘の紀子《のりこ》です」

少女は大人びた雰囲気の持主だった。声がやや低めのせいもあって、私はさっき電話で話したとき、てっきり安田の奥さんだと思い込んだのである。

「君、いくつ？」

「十四です。中学の二年生」

「そうか。——お父さんは今眠ってるけど、大したことじゃないらしい。安心していいよ」

「じゃ、助かるんですか」

「もちろん。ただ、アルコールは少し減らさなくちゃね。よく言っといてくれ」

安田紀子は、ため息と共に、

「死んじゃえば良かったのに」

と言った……。

2

どこかのカラオケバーにでも入ったのかと思うようなにぎやかさ。

実際、中には完全に酔っ払い、「出来上って」、自慢ののどを聞かせているのもいる。

——明日になれば、真青になって冷汗をたっぷりかくことになるだろう。

何しろ、ここは警察署なのだから。

盛り場を抱えた署では、年末のこの時期、大忙しである。酔ってのケンカ、店と客のトラブル、スリ、かっぱらい……。

私だって、こんな所に長居したいわけではない。——いや、むろん、酔って捕まったなんてことじゃないのだ！

「宇野さんですか」

と、この寒い時期にワイシャツを腕まくりした署員がやって来て訊く。

私が証明書を見せると、

「ご足労いただいて、どうも」

と、ていねいに礼を言って、「こちらへどうぞ」

奥へ入ると、少し騒がしさが遠去かる。

「女の子がどうとか……」

「そうなんです。最近じゃ、珍しいことじゃないんですけどね」

と、その刑事は苦笑して、「盛り場をパトロールで私服で歩いてると、『おじさん、遊ぼう』って声をかけて来て。そんなのが何人もいるんですよ」

一つのドアを開けると、中には、一見して中学生、高校生の女の子が十五、六人も集まっている。

「――ごく当り前の子たちでしょう? 化粧してるわけでもない、髪を染めてるわけでもない。それが、気楽に男を誘ってくるんですから」

と、さらに廊下を奥へと案内する。

「で、その子は――」

「中学生です。――取り調べてると、『宇野さんって偉いお巡りさんを知ってる』って言うもんで。お心当りは?」

「さあ……。見てみないと」

「この部屋に一人で待たせてあります」

と、小部屋のドアを開ける。

中を覗くと、

「宇野さん、今晩は」

少し照れたような顔で言ったのは――。

「ああ、君、この間、お父さんを病院へ運んだ……。安田……君か？」

「紀子って呼んで」

気安く言われて、私は渋い顔をした。――良からぬことで「身に覚えが」とでも思われたら、たまったものじゃない。

「確かに、知ってる子です」

「本人は初めてだと言ってますが。――じゃ、この子をお預けしていいですか」

向うも、私に押し付けられれば、一人分助かる、と思っているのだ。

「分りました」

仕方なく、私は肯《うなず》いた。「家まで送って行くよ。それだけだ」

「サンキュー！」

ブレザーにマフラーを巻いて、「じゃ行こうか、『宇野のおじさん』！」

「よせってば」

と、私はにらんでやった。

しかし――外へ出ると、安田紀子は、

「忙しいんでしょ、宇野さん？　私、一人で帰れるわ」

と言い出した。

「だめだ。引請人《ひきうけにん》になった以上、ちゃんと親に渡すまでは一緒に行く」

「だって……」

と、口を尖《とが》らしたが、「ま、いいか。一晩泊められるよりはましだよね」

どこか無理しているのが感じられる。

「ここで別れたら、また誰か相手を捜すんだろ？」

紀子は両手をブレザーのポケットへ突っ込んでいる。

「何か、よっぽどお金がいるのか？」

と訊くと、紀子は私を見て、

「食べてかなきゃいけないもん」

と言った。「中学生じゃ、バイトもできないし、やっても安いし。他に手なんかないよ」

「食べてくって……。あのお父さんは？」

「働いてない。——前は、広告会社のエリートで、月に百万近く稼いでたんだ」

「失業？」

「ずっと大手の電機メーカーの担当だったのに、イベント一つ、よその社に取られちゃったの。そしたら、ちっちゃなスーパーチェーンの担当に回されて、お父さん、プライド高いから、自分から辞めちゃった」

「ふーん」

　あの男がエリート社員？　とても想像がつかない。

「それで今は仕事を捜してるのか」

「自分から頭下げて行くなんて、お父さんには堪えられないの。だから、退職金でずっと食べてたんだけど、それもなくなって……」

　淡々としゃべっているが、私は呆れてしまった。

「――よし、それじゃ君のお父さんに会って話してみよう」

「むだだよ」

　と、紀子は肩をすくめた。

「お母さんは？」

「離婚したの。今、どこにいるか、知らないな」

「しかし――君に稼がせてて、平気なのか、お父さんは？」

「私、何してるか言ってないもの。お父さんも訊かないし」

　――信じられないような父親がいるものだ、と私は思った。

　しかし、あの父親にしても、酒びたりとはいえ、充分健康だ。生活保護といっても、認めてもらえまい。

「そうだ」

と、紀子が思い出したように、「あの五百万円って、まだ誰ももらってないよね」

「武川真一にかけられた賞金のことか？　この前、お父さんも話してたが、何か知ってるのかい？」

「うん、それが――」

と言いかけて、「いけない！　刑事さんにしゃべると、賞金もらえなくなる」

私はため息をついて、タクシーを停めた。


「――それで、父親には会えたの？」

と、夕子が言った。

「会ったというか、会わないというか……」

「酔い潰《つぶ》れてた」

「当りだ」

私は、熱いココアを飲んでいた。

夕子の大学に近い喫茶店。外は、まだ午後二時ごろというのに、夕暮れ時のような薄暗さである。

「でも、ひどい父親ね」

「娘がまた、やり切れないくらいさめてるんだ」

と、私は言った。「ただ、例の畑山喜行《よしゆき》がかけた賞金のことが心配なんだ」

「畑山喜行って、殺された女の人の父親だっけ」

「そうだ。娘の名は確か――畑山昭子。『昭和』の『昭』だ。武川真一は昭子に付合いを断られ殺したんじゃなかったかな。もう十五年前の話だから、詳しく憶えてないけど。――おっと」

最近はポケットベルなどを持たされているのだ。

――私は、店の電話で捜査一課に連絡を取った。

席へ戻ると、夕子が、

「事件？」

「うん、しかし……」

「むつかしい顔して、どうしたの？」

「女が殺された。現場が〈Kアパート〉なんだ」

「それって？」

「安田紀子と父親のいるアパートだ」

と、私は言った。

――夕子は、講義を一つさぼることになった。

「やあ、宇野さん！」

年の暮れの殺人事件といっても、元気一杯なのが原田刑事だ。

この大きな体には、寒さもはね返されて（？）しまうのかもしれない。そして、原田は夕子が一緒なのを見ると、ニコニコと、関係者が見たら腹を立てそうな笑顔になった。

「――現場は？」

と、私は言った。

冷たい木枯しの吹く中、古びた〈Kアパート〉の前にパトカーが停り、寒い中でも野次馬が何人か道に固まって見物している。

「今どき珍しいくらい、オーソドックスなアパートね」

と、夕子がモルタル二階建のアパートを見上げて言った。

「現場は〈104号〉です」

と、原田が言った。

「すると、一番奥の部屋だな」

原田が目をパチクリさせて、

「よくご存知で」

「ちょっとな。――ともかく中を見よう」

〈Kアパート〉は一階二階に各四部屋。

階段と廊下は外についている、「外廊下式」の建て方。一番安上りなアパートの建て方、といってもいいだろう。

〈104号〉のドアは開け放たれていて、鑑識の人間が出入りしていた。

上ってみれば、外見同様、典型的なアパートの造り。1DKにユニットの小さなバスルーム。

「一人暮しか」

「そのようです」

寝に帰るだけなら、この広さで充分と言えなくもない。

「――あの子の部屋は？」

と、夕子が訊く。

「この上の〈204〉。――これか」

六畳ほどの部屋に、ソファ兼用の小さなベッド。そこに、女が仰向けになっていた。

「鈍器で額を割られています」

と、原田が言った。「検視官の話だと、即死だろうと」

女の顔は、血が飛んでかなり無惨な状態である。額を正面から一撃された感じで、たてに深く割られた傷があった。

　女はネグリジェ姿で、服はスツールの上にきちんとたたまれている。

「大体、昼前後に死んだのだろう、ということです」

「今、三時か。――発見者は？」

「このアパートに住んでいる女の子です」

　女の子……。しかし、まさか――。

「あ……」

　と、玄関の方で声がした。「また会った」

　安田紀子は、玄関の外に立っていた。

「――君が見付けたのか」

「ええ」

　紀子はチラッと部屋の中へ目をやって、「あれが見えない所で話したい」

　と言った。

「分った」

　私は、紀子が普通の女の子らしい反応を見せたことで、どこかホッとしていた。

　こういうアパートでは、持主はたいてい別に住んでいて、〈１０１〉の住人に管理人をさせることが多い。この〈Ｋアパート〉も同様だった。

「全くね……。面倒なことが起ると、家主がいやがるんだよ」

と、〈101〉の吉原という老人はブツブツ文句を言った。

「仕方ないじゃないか。この子が殺したわけじゃない」

私は少し強い口調で言った。

一人暮しで、気難しそうな吉原という老人は、私が紀子から話を聞くのに部屋を使うと言うと、露骨にいやな顔をして、

「あんたも、一一〇番する前に、俺に知らせりゃ良かったんだ」

と、紀子へ言ったものだ。「そしたら死体をどこかよそへ放り出したのに」

正直と言えば正直だが、死んだ女への同情のかけらも感じられない。

「――殺された及川節子さんのことを聞かせてくれ」

と、私が言うと、吉原は渋々書類を持って来て、

「一人暮しのホステスだよ。――三十四歳といってたが、どう見ても四十過ぎだな、ありゃ」

「余計なことはいい。何か、彼女の身辺に変ったことは？」

「さあ……。ともかく不景気で客が来ないって言ってたね。家賃がふた月たまってて、困ってるんだ。――刑事さん、代りに警察で払ってくれないのかい？」

私がジロッとにらむと、さすがに咳《せき》払いなどして、

「ま、仕事柄、夜中いなくて朝帰りだから、他の部屋の人とはあんまり会わなかっただろう」

と言って、「——この子んとこの父親は別だがね」

紀子が表情をこわばらせて、

「それ、どういう意味ですか」

と訊いた。

「知らないのか？　あんたの父親は、昼間よく及川さんの所へ入りびたってたよ」

紀子は青ざめた。

3

「私、もう学校が冬休みに入ったんで」

と、紀子は言った。「今日は家の掃除をしようとしてたんです」

「お父さんは？」

と、夕子が吉原の出した、まずいお茶の茶碗を手で包んで、「一緒じゃなかったの？」

「ええ。でも、お父さんは……」

「プライドが高いんだろ」

と、私が言うと紀子はフッと笑って、

「そうなの。――掃除、洗濯なんか、どうしてエリートの俺がやらなきゃいけないんだ、って」

「じゃ、何をしてたの？」

「午前中はパチンコやりに出かけてた。お昼ごろ戻って来て、もう部屋の掃除はすんでたんで、畳にゴロ寝して……」

「それで？」

「電話が一本かかって来たの。何だか、『仕事が決るかもしれない』って言って、仕度して出かけて行ったんです」

「君は何してたの？」

「私、お風呂の掃除で、シャワー出しながらゴシゴシやってたんで、お父さん出て行くのも分らなかった。その内、気が付くと、ドアをドンドン叩《たた》く音がして、出てみると、〈103〉の西尾さんだったの」

「西尾……竜也」

私は、吉原の持っている資料を見て、「一人暮し。五十歳か」

「ああ。ジャズピアノを弾くとかでね」

と、吉原が言った。「いつも昼過ぎに出てって、夜中の帰りさ。このアパートは、まともな暮しをしてる奴なんかおらん！」

私は無視して、

「それで？」

と、紀子を促した。

「西尾さん、出がけに寄ったみたいで、回覧板を持って来たの。〈104〉の及川さんがいないみたいだからって」

「呼んではみたんだな」

「たぶん、酔って眠り込んでるんだろうから、あんまりしつこくはチャイム鳴らさなかったって言って笑ってた。――私、回覧板を受け取って、それからまた三十分くらい掃除してたわ。その後、くたびれて横になってる内に、しばらくウトウトしたの。目を覚ましたら、何だか薄暗いんで、もう夕方かと思ってびっくりしちゃった。でも、まだ二時前だったわ」

「それから？」

「回覧板にハンコ押して、及川さんが、もう起きてるかなと思ったの。夕方には出かけちゃうし、今の内に渡しとこうと思って、下へ行った……」

紀子は、ちょっと目を閉じて、「玄関から呼んでも返事ないし、ドアを開けてみたら、チェーンだけかかってたの」

「チェーンだけ？」

「うん。中が見えて、ちょっと覗いたら、及川さんがベッドで……。顔まで見えなかったけど、ただごとじゃないって分ったし、血が飛んでるのが目に入って……」

紀子は、大きく息をつくと、「夢中で部屋へ駆け戻って一一〇番したの」

――そして、駆けつけた警官が、大きなペンチでチェーンを切り、中へ入ると、及川節子が殺されていた、というわけである。

「よし、分った」

私は肯いて、「まだしばらく、現場にいるからね。もしお父さんが帰ったら、僕が話したいと言ってたと伝えてくれ」

「うん」

紀子は、少し元気を取り戻したようで、「私――買物に行っていい？　夕食の仕度しないと」

「いいとも」

と、私は肯いた。

夕子と三人、外へ出ると、

「生活費は大丈夫か？」

と、私は訊いた。「あんなことはやめるんだよ」

「うん。――お父さんが実家からお金もらって来たから、当分大丈夫」

紀子は、そう言って階段をトントンと駆け上って行った。

「――〈102〉は空き部屋なんだな。そして二階も、〈202〉と〈203〉は空いてる」

「〈101〉が吉原。〈103〉が西尾。〈104〉が及川節子。〈204〉が安田……。〈201〉は？」

私は吉原の資料をめくった。

「野田君子。四十歳。――〈N法律事務所〉勤務。この女性だけが、普通の時間に働いてるらしいな」

「一人？」

「一人だ。――安田の所は、あの部屋に、いくら父と娘でも一緒に暮すのは辛いだろうな」

と、私は言った。

私と夕子は現場へ戻った。

「待って」

夕子は、玄関の切られたチェーンをつまみ上げて、「どこまで見えるか、やってみるわ」

紀子の話を確かめているのだ。

大体チェーンがのびた辺りまでドアを細く開いた状態にして、夕子は外から覗いた。

「――どうだ？」

「言ってた通りね。見て」

入れ替りに私も覗いた。――なるほど、ベッドに及川節子が倒れているのは分る。

部屋へ上ると、夕子はもう一度現場を見直した。

ベッドは、ドアの側を足に、正面の窓の下に頭の部分が来るように置かれている。

「――変ね」

と、夕子は言った。

「頭と足が、ベッドと逆か」

「そう」

及川節子は、ドアの側に頭があり、窓の方へ足をのばしている。

「まあ、ソファ代りにしてたろうから、逆さに寝ても、おかしくはない」

「うん、でも……」

夕子は正面の窓へ近付くと、「閉ってるけど、ロックしてないわ」

窓を開けてみると、一階なので、侵入防止のためか、たての格子がはまっている。窓の高さ全部ではないが、ほぼ三分の二ぐらいの位置まで来ていた。

窓の向うは、空地になって、枯草が一様に伸びて白く枯れている。

「——宇野さん」

原田が呼んだ。「運び出していいですか」

「ああ、そうだな」

「待って。ゆっくり見せて」

夕子は、死体のそばへ行くと、じっくり眺め回した。

慣れている私でも、あまり気持のいいものではないが、夕子はこういうとき、純粋に「研究対象」として、死体を見るのである。

夕子は、及川節子の右手を取って見ていたが、

「原田さん。新聞はある？」

と、訊いた。

「いつのですか？」

「読むんじゃないの。この部屋に新聞は？」

「さあ……。見ませんでしたね。とってないんじゃありませんか？」

「そう。——ありがとう」

夕子は立ち上った。

私は死体が運んで行かれるのを見送って、部屋へ戻った。

夕子が、ベッドのシーツやマットレスを調べている。

「何してるんだ？」

「あの人の指先が黒くなってたの」

と、夕子は言った。「新聞のインクよ。どこかに、それがあるはずだわ」

そして、すぐに、

「あった」

と、枕のカバーの中から、ちぎり取られた新聞を見付けだしたのである。

「隠してたのか」

「見て」

と、夕子が、その記事をテーブルに置いて見せた。

〈武川真一逮捕に五百万円の賞金！〉

それは、例の時効間近の殺人犯にかけられた賞金の記事だった。

武川真一の写真ものっている。しかし、十五年前のもので、今、武川は四十八になっている。

「――どう思う？」

と、夕子は言った。

「安田が武川のことで何かつかんでるとしたら……」

「安田がここへちょくちょく来て、親しい仲だったら、ふと口を滑らしたかもしれないわ」

「五百万か」

「新聞を捜して、この記事を見付ける。そして、賞金を自分のものにしようと……」

「武川に近付いて、確かめようとでもすれば……」

「武川にとっては、せっかくあと半月で時効になるのに」

「口をふさごうと殺した、か」

私は肯いて、「あり得るな。――安田とじっくり話す必要がありそうだ」

と言った。

4

「お待たせして」

と、応接室へ入ってきたのは、「キャリアウーマン」を絵に描いた、という感じの、きちっとスーツを身につけた中年女性。

「野田さんですね」

「野田君子です」

「お仕事中、申しわけない」

「いいえ。弁護士の先生から、ちゃんと捜査に協力しなさいと言われています」

と、野田君子は言った。

「宇野といいます」

「お名前は存じ上げています。——及川さんが殺された事件ですね」

「そうです」

私は、翌日、〈N法律事務所〉に、〈２０１〉の住人、野田君子を訪ねて来たのである。

「気の毒でしたわ。生活時間がずれているもので、そうお話しする機会はありませんでしたけど」

「何か、相談を受けたこととか、ありませんでしたか」

「さあ……。たまに立ち話をするくらいのものでしたから」

と、首をかしげる。

「——実は、及川さんの部屋で、この新聞記事を見付けたんです」

私は、武川真一に関する賞金の記事を、テーブルに置いた。

「これは……」

「ご存知でしょう？」

「ええ、もちろん。あと少しで時効になる殺人犯ですね」

と、野田君子は肯いて、「どうしてこんなものを……」

「及川さんからお聞きになりませんでしたか。武川を見付ける手がかりをつかんだ、とかそんなことを」

君子は目を見開いて、

「じゃ、及川さんが本当に何かをつかんでいたと？」

「その可能性があります。そして、それを確かめるために、もし武川へ近付いたとしたら——」

「危いことですわ」

「その結果があの事件かもしれません」

「そんなことが……。じゃ、あの近くに武川がいるとおっしゃるんですか」

「それは分りません。アパートの他の人からも、そんな話を聞いたことはありませんか？」

「さあ……。何しろ私も一人暮しで、忙しいと帰りが夜中になりますし、あのアパートの方々と、ゆっくりお話ししたことがないんです」

「分ります。——いや、お忙しいところ、お邪魔して」

と、私は新聞の一片を、ポケットへ入れて、立ち上った。

「お役に立てなくて」

と、野田君子は、法律事務所の玄関まで送りに出てくれた。

「——野田君」

と、奥から、貫禄たっぷりの「先生」が現われ、「僕のゴルフクラブのセット、送っといてくれたか」

「はい、昨日、確かに」

「ありがとう。――宇野警部さんですな」

「はあ」

「野田君は、本当によく働いてくれる。この人にいなくなられると困るんです。間違っても、この人が殺されたりせんようにして下さい」

と、笑って、野田君子の肩を叩く。

「先生、やめて下さい」

と、苦笑して、「午後の法廷の準備をします」

と、さっさと奥へ入って行ってしまった。

「――一つ、うかがっていいですか」

と、私は「先生」に言った。「野田さんは給料も悪くないのでしょう？　どうしてあんな小さなアパートに住んでるんですか」

「彼女は、両親の生活費を全部出しているのですよ」

「ほう」

「むだづかいはしない。帰りに飲みにも行きません。四十で独身だが、惜しい女性です」

私は肯いた。

しかし、刑事というのは「できすぎた人間」をあまり信用しないくせがある。

何となく、私は野田君子のことを「要注意」と思っていた。

ガランとしたバーにピアノの音が流れる。

「――西尾さん？」

と、私は開店前のバーに入って行くと、声をかけた。

「そうです」

ピアノの前から立ち上ったのは、鍵盤にお腹のくっつきそうな、でっぷりと太った男である。

「さっきお電話した――」

「刑事さんね。ま、どうぞ」

西尾は、タバコに火を点け、椅子に腰をおろした。

椅子がギシギシと鳴る。

「――ええ、事件のことは今朝聞いてね。びっくりしました。あの子に回覧板を届けたとき、もう殺されてたんですか、及川さんは？」

「さあ、微妙なところです」

「お隣でねえ……。そんなこと、考えもしなかった」

「個人的なお付合いは？」

「私はさっぱり」

と、肩をすくめ、「こう太ってると、用もないのに動く気になれません」

と笑った。

「安田さんと及川さんが親しかったと――」

「吉原のじいさんが言ってるんですね？　あのタヌキが」

と、顔をしかめる。

「お嫌いなようですね」

「もちろんです！　――当人がアパートの持主というのならともかく、ただの管理人じゃありませんか。それが、いばって家賃を取り立てる。いい気なもんです」

と、腹立たしげである。「あの吉原を、少し絞ってやったらいいですよ。及川さんに惚れていたんだから」

「あの年寄りがですか？」

「魅力じゃ無理だ。しかし、『家主の代理』という肩書でね」

と、首を振って、「一度だけ、及川さんに金を貸したことがあります。一年くらい前かな。夜遅く――というか、明け方、アパートへ帰ると、待っていたとみえて、すぐドアを叩く音がしましてね」

「借金の申し込みですか」

「泣いて、頼んで来たんです。――吉原のじいさんが、『俺の好きにさせるなら、待ってやる』と言ったそうで、いくら家賃をためてるといっても、そこまでしたくない、と言って……。ひどい話でしょう?」

「なるほど」

「私は、貸したというより、やったんです、彼女に。彼女は頭を下げて、必ず返しますと言ってました。結局、返してはくれなかったが、この不況だ。仕方ありませんよ」

西尾は、タバコの煙を吐き出して、「私だって、いつこの店を追ん出されるか……。別に私でなくたって、一向に構わないわけですからね」

と、ゆっくり天井を見上げる。

「――武川真一のことをご存知ですか?」

「あの五百万円の? もちろん。それがどうかしたんですか」

「もし、何かご存知なら、五百万円で売りますか」

「当然ですよ! 自分の兄弟だって売っちまいますね、五百万のためなら」

――五百万か。人の命も安くなったものである。

ドアを開けたのは、驚いたことに夕子だった。

「あら、いらっしゃい」

「何してるんだ？」

と、私が呆れて言うと、

「紀子ちゃんと約束してたの」

中へ入ると、安田則夫が、ボーッとした顔で畳に座っていた。

「さっき、私が叩き起こしたのよ」

と、夕子が言った。

狭い部屋の中はアルコールの匂いがこもっている。

「一体何時に帰ったんだ？」

と、私は訊いた。

「さあ……」

安田は頭を振って、「酔ってたんでね」

もう、夜の八時を回っている。

「――あの子は？」

「紀子ちゃん、まだなの」

と、夕子が言った。「七時に、って約束で来たんだけど」

「じゃ、待とう」

私は上って、夕子が勝手にいれた苦いコーヒーを飲んだ。安田の目覚まし用にいれたコーヒーだから、仕方ない。

「及川さんが殺されたのは知ってるね」

「ええ……。ま、生きてても、いいことはなかったでしょ。死んで良かったかも……」

夕子がいきなり安田の頰を平手打ちした。

安田がギョッとして夕子を見つめる。

「生きてること自体がいいことなのよ！」

と、夕子が言った。「まだ四十にもならないのに、分ったようなこと言わないで！」

安田はすっかり呑まれてしまった様子で、

「――すみません」

と言った。

「一つ、聞かせてくれ。武川真一のことだ」

安田がギクリとした様子で、

「それは……」

「及川節子さんに話したか？」

「彼女に？」

「及川さんは、武川に殺されたかもしれないんだ」

安田が青ざめた。

「それは……でも……。彼女と寝たとき、そんな話をしたようでもあるけど……」

「忘れたのか？」

「酔ってたんで……。夢だったたか、本当にあったことか、憶えてないんだ」

「じゃ、武川の何をつかんでる？　話してくれ！　賞金をもらう邪魔はしない」

安田は少しどぎまぎして、

「俺はその……金のためといっても……紀子が可哀そうだと思って……」

「そう思ったら、ちゃんと働きなさい」

と、夕子が言った。

「分ってるが……。自分の才能を活かせる所がないんだよ」

と、頭をかく。

「才能の前に、娘への愛情を大切にするんだな」

と、私は言った。「それで――」

そのとき、ドアの所で、何かがドサッと落ちる音がした。

「――何だ？」

私は夕子と顔を見合せた。

足音がタタッと駆けて行く。

夕子が立ち上ると、玄関のドアをパッと開けた。

「逃げたわ」

「何だったんだ?」

夕子は廊下に落ちていたものを拾い上げて、

「——見て」

と言った。

安田が飛び出して、それを引ったくるように取ると、叫んだ。

「紀子のスカートだ!」

スカートは、真中で切り裂かれていた。

そして、裏を返すと、太いフェルトペンで、ひと言、

〈言うな!〉

と書かれてあった。

5

「だめです」

寒風の中、原田刑事の顔には汗が光っていた。

「分った。ご苦労さん」

私は、〈Kアパート〉の前に立って、風の冷たさも気にならずにいた。

——夜、十時を回っている。

アパートの近辺を捜索させたのだが、紀子を見付ける手がかりはつかめなかった。

夕子が二階から下りてくる。

「——何もなし？」

「うん」

私は肯いて、「安田は？」

「相変らず、口をきかないわ」

「そうか……。娘が人質じゃ、無理もない」

「そうね」

夕子は、考え込んで、「武川が誰なのか、安田は知ってるのよね。でなきゃ、武川もあんなきわどいことはしないでしょう」

「もう少し早く訊き出しとくんだったよ」

「でも——」

と、夕子は首を振って、「もし、分ったら、武川は紀子ちゃんを殺すわ」

「そうだな」

夕子は、アパートを見上げて、

「武川としては、時効成立まで時間をかせぐつもりでしょうね。でも半月もあるわ。その間、ずっと紀子ちゃんを手もとに置いとくと思う?」

私も、その点が心配だった。

当然、武川は早く遠くへ逃げたいだろう。もし、居場所が分ったとしても、捕まらないようにしたいはずだ。

今も、逃げている最中かもしれない。

「そうなると、あの子を殺して、死体を、見付かりにくい所へ隠して逃げる可能性が高いな」

「そうよ。もう、及川さんも殺してるし、もう一人も同じことだと思うでしょう」

「安田にそう話すか」

「でも——きっと、安田は言わないわよ」

「うん……」

むろん、紀子が生きている可能性が少しでもある限り、助け出さなくてはならない。

そこへ、

「あら、刑事さん」

野田君子が帰って来た。

「ああ、どうも」

「何があったんですの？　この近く、何人もお巡りさんが……」

「安田さんの娘さんが、さらわれたようなんです」

「紀子ちゃんが？　まあ！」

と、息を呑んで、「さらわれたって……」

「武川真一の仕業のようです」

「それじゃ……本当にこの辺に？」

「分りません」

と、首を振る。

「——誰だ？」

と、二階の廊下へ、安田が出て来た。

「安田さん、野田です」

と、君子は階段を上って、「今、聞きましたわ。——何と言っていいか」

「どうも……」

安田はため息をついて、「あいつのことだ、きっと……生きてますよ」

「もちろんですわ」

君子は、安田の手を取って、「何かできることがあれば言って下さい」

「ありがとう……」

君子は、安田が部屋へ戻るのを見送って、自分の部屋へと入って行った。

「――五百万どころじゃないな」

と、私は言った。


「――宇野さん！」

ドスン、と体を突かれて、私は危うく車の中で引っくり返るところだった。

「原田か……。そんな力で押すな！」

と、頭を振った。

車の中で眠っていた私は、周囲がぼんやりと明るくなって来ているのを見た。

「どうしたんだ」

車から出ると、早朝の寒気で、一気に目が覚める。

「安田がいません！」

「何だって？」

私は、階段を駆け上って、〈２０４〉のドアを開けた。

「――どうなってるんだ？」

武川真一からの連絡を待つために詰めていた二人の刑事は、畳に横になってぐっすり眠り込んでいる。

「――飲み物に薬を入れたな！」

「私も今来たところで」

と、原田は頭をかいて、「どうしましょう？」

「急いで、この近くを捜せ！」

と、廊下へ出ると、いきなり自分の懐で、「ピピピ」と甲高い音がして、

「ワッ！」

と、私は飛び上るほどびっくりした。

「何です？」

「知るか！」

私は、内ポケットを探った。――携帯電話が入っていたのだ。

「夕子のだ。――どこを押すんだ？」

使いなれないものに苦労して、やっと通じる。

「もしもし」

「目が覚めた？」

と、夕子が言った。

「どうしたっていうんだ？」

「そっちは？」

「安田が、刑事を眠らせて出て行っちまったんだ。これから捜しに——」

「手間を省いてあげる」

と、夕子が言った。「安田は今、S公園の中」

「S公園？」

「車なら五、六分。でも用心してね。向うはまだ紀子ちゃんをつかんでるわ」

「すぐ行く！」

どうして夕子がそこにいるのか、そんなことはどうでもよかった。

私と原田は車へ飛び込むと、S公園へ向って飛ばした。

——五分とかからず、S公園に着く。

むろん、気付かれないように手前で車を降り、急いで公園の入口へと向った。

S公園は、中に大きな池があり、かなり広い。捜すといっても容易ではない。

だが、夕子の方で、公園の柵の中から手を振ってくれた。

「入口は目立つわ。この柵を越えて入って」

と、夕子が小声で言った。

私も原田も、やや苦労したが、それでも背丈より高い柵を何とか乗り越え、無事に着地した。

「安田は？」

「こっち」

夕子について、茂みの中を進んで行く。

――公園中央の大きな池に出る。

池の向うに、ベンチが並び、その一つに安田が座っていた。

「これ以上近付けないな」

と、私は言った。「武川がどこにいるのか……」

「武川が、どうして安田を呼び出したか、分るでしょ」

と、夕子は言った。

「当然、生かして帰すつもりはないな」

「紀子ちゃんも、たぶんね」

私は息をしずめて、両手をこすり合せ、手のかじかんでいるのを少しでも楽にしようとした。

「はい、これ」

夕子がポケットから出して渡してくれたのは、使い捨てカイロだ。

「ありがたい！」

私は両手でその袋を握りしめ、手を暖めた。

「私のはないんですか？」

と、原田が不服そう。

「原田さんは、紀子ちゃんを守って。もしかしたら、代りに死ぬかもしれないけど」

と、夕子は言った。

原田は眉をキッと上げて、

「任せて下さい！　弾丸だって、この体は通過させません！」

と宣言した。

「しっ」

夕子が息を殺す。

――暖かい季節にはボートがこげるので、ボート小屋が池のほとりにある。

その小屋の戸がゆっくりと開いた。

安田が立ち上る。小屋から、黒いコートに身を包んだ男が出て来た。

「――紀子はどこだ！」

と、安田が声を震わせる。

「そこにいろ」

と、男が言った。「言った通りにして来たか」

「ああ、ちゃんとやった」

「覚悟は決めたか」

安田が真直ぐに立って、

「紀子を助けてくれるなら、俺を殺していい」

と言った。

「少しは父親らしいこともするんだな」

と、男が笑った。

「紀子は無事か！」

「待ってろ」

男が一旦小屋へ戻る。

私は拳銃を抜いて、安全装置を外した。腹這《はらば》いになって、左の肘《ひじ》を地面につけ、左手で拳銃を持った右手首を支え、狙いを定めた。

小屋から男が出て来た。

抱えられているのは、下着姿で縛り上げられた紀子だった。

「紀子――」

「動くな」

と、男は言った。

「何もしない。ともかく、娘を放せ」

「そうだな」

と、男が言った。「じゃあ、放してやる」

男が、いきなり、縛ったままの紀子を池の中へ放り込んだ。水しぶきが上る。

「紀子！」

安田が池のへりへ駆け寄った。「紀子、今行くぞ！」

コートを脱ぎ捨てようとする安田の後ろへ回って、男は手にしたナイフを振りかざした。

私は引金を引いた。

冷えた公園の中に銃声が響いて、男がよろけた。

「原田さん！　紀子ちゃんを！」

と、夕子が叫ぶ。

原田が飛び出して行くと、そのまま池へと飛び込んだ。

私も立ち上って、うずくまる男へと駆け寄った。

「動くな！」

と叫ぶと、拳銃を構え、「ナイフを捨てろ！」

男が腹を押えて呻《うめ》くと、顔を上げた。

「あんたか……」

と、喘《あえ》ぐように言って、「見くびったな、警察を……」

私は愕然《がくぜん》とした。

「――救急車を呼ぶわ」

と、夕子が言った。

「一台でいいよ」

と、男は言った。「俺にはいらない」

ナイフを、男は一気に自分の胸に突き立てた。

「――宇野さん！」

原田の声にハッとして、池の方へ走ると、原田が紀子を地面へ下ろすところだった。

「縄を切れ！　――しっかりしろ！」

私は、自分のコートと上着を脱いで、気を失っている紀子の冷え切った体を包んだ。

「紀子……。紀子……」

安田が娘を抱きしめて泣き出す。

「今救急車が来ます」

と言って、私は男の方へ急いで戻った。

もう、息は絶えている。

夕子が救急車を呼びに行き、私は男の体を仰向けにした。

「武川ですか」

びしょ濡れになった原田がやってくる。

「ああ……。分らなかったわけだ」

私は、その死顔を見下ろした。

穏やかなその顔は、野田君子のものに違いなかった……。

「一度、酔って帰ったとき」

と、安田が言った。「階段を上るのも辛くて、階段の下の暗がりで、しばらくうずくまっていたんです」

安田の部屋は、ストーブで暑いほどだった。

「――そこへタクシーが停って、野田君子が降りて来たんです。やはり少し飲んで来たようで、階段を上って行ったんですが……。夜中だし、誰かいるなんて思わなかったんでしょう、途中で足を止めて、『畜生』と言ったんです。――それはどう聞いても男の声でした。びっくりして、酔いもさめてしまいました」

「女として暮していたのに、つい気がゆるんでしまったのね」

と、夕子が言った。

「それから、気を付けて見て、男に違いないと思ったんです。そのとき、テレビで武川のことが取り上げられ、正体が分ったわけで」

「分ったときに早く届ければ良かったんだ」

と、私は言った。

「確かに。――でも、自分でも百パーセント間違いないか、と言われると、心配な部分があって、何とか確かめようと思ったんですが……」

「その間に、及川節子さんにしゃべってしまった。彼女はせっかちだったのね。却って武川に怪しまれて、殺されてしまった」

「ゴルフのクラブか」

「窓の下で物音をたてて、及川さんが窓を開けたところを、正面から格子の隙間《すきま》を通して、彼女の額を叩き割った。力のある男だったのよ」

「そして窓を自分で閉めて逃げた。だから、ベッドに逆さまに倒れてたんだな」

と、私は肯いた。

「でも大胆ね。紀子ちゃんをさらって、あのボート小屋へ閉じ込めておいて、夜遅く平然と帰って来たでしょう。あのとき、安田さんの手を握って、手紙と薬を渡したのね」

「そうです」

と、安田は肯いて、「目の前に犯人がいる。でも、しゃべれば紀子がどうなるか……」

「ハクション!」

紀子が、パジャマ姿で布団から起き上った。

「おい、寝てろ。本当なら入院させとくところなんだぞ」

「もう平気だよ」

グスンと鼻をすすって、「ね、賞金もらえるのかな」

「大丈夫だろう」

と、私は言った。「マスコミの前であぁして約束したんだ。ちゃんと払うさ」

「良かったね、お父さん」

安田は目を伏せて、

「俺は何を考えてたのか……。賞金は、もしもらえるものなら、どこかへ寄付しよう。

——紀子。俺がちゃんと働く。それでいいか?」

紀子が微笑んで、

「もう一部屋あるアパートに越せるまで、頑張ってね」

と言った。

——私と夕子は、外へ出た。

「もう夕方か。早いわね、一日が」

と、夕子は言った。「——そうだ、忘れてた!」

「何だ？」

「原田さん！　あの冷たい水へ飛び込んだのよ。夕ご飯ぐらいおごってあげなくちゃ」

「そうだった！　五百万入らなくとも、あいつ一人食わせるくらいの金はある」

「じゃ、早速呼んであげて」

と、夕子が携帯電話を取り出す。

「今ごろクシャミしてるかな」

と、私は原田の席へかけた。「――もしもし、原田か？」

そのとたん、

「ハクション！」

と、電話を吹っ飛ばしそうな勢いで、原田のクシャミが聞こえて来たのだった。

第二話　爽やかな追跡

1

タイミングの問題だった。

「へえ、お客さん、刑事さんなんだ」

コンビニのレジの女の子は、面白がってそう言ったのだが、もう夜中と言ってもいい時刻、そう客も大勢入っていない店内で注目を集めたのは当然の成り行きである。

「まあね」

と、私は言った。「それで、この写真の男、見たことある？」

「うーん……」

大学生らしいその女の子は可愛らしく顔をしかめて、「見たことあるような、ないような……」

やれやれ。――私は、その写真を渡して、

「もし見かけたら連絡してくれるように、お店の上の人へ伝えてくれないかな」

「うん、いいよ」

相手が四十男の刑事でも「友だち扱い」である。もちろん、だからといって悪気があるわけでなし、私、宇野喬一も女子大生を恋人に持つ身で、これくらいのことにびっくりしてはいられない。

「じゃ、頼むよ」

と言って、私は店を出ようとした。

そのときだった。——明るい店内の様子がガラス扉にくっきりと映っていて、そこにセーラー服姿の少女がいた。

その子は、ガラス扉に映った私と目が合うと、目に見えてハッとして、素早く目をそらしたのだ。

何だろう？　私は外へ出た。

秋口の夜、風は涼しく、長く歩くと少し肌寒いかと思える。

気になって、少し歩きかけて振り向いた私の目に、あのセーラー服の女の子が店を出てくるのが映った。中学生だろう。こんな時間にコンビニに寄っているのは、普通ではない。

鞄もさげているから、学校帰りではあるのだろう。

丸顔で、ショートヘアの、外見は特に変ったところのない子である。

しかし、私の方へ目を向けて、その少女は急いで歩き出した。明らかにこっちを意識している。歩きながら、私のいる辺りを振り向いて見ていた。

――私は、気になって少女を尾行することにした。あれほど「刑事」を気にしているのは、何かわけがあってのことに違いない。

夜道は、ほとんど人通りのない住宅地の中。といっても、空地のまま残った土地が多く、寂しい。

少女は、ほとんど小走りに道を急ぐ。私は、いささか息を切らしながら、少女を何とか見失わずに追って行くのがやっと。

少女は途中でも、時々後ろを振り向いていた。こちらはプロだ。たぶん気付かれていないと思ったが、それでもその都度、道の端へ寄って、身を隠した。

そうして十分ほど歩いただろうか。

少女の姿が不意に消えた。――私は少し駆け足で道の先へと急いだが、少女はもうどこにも見えない。

逃げてしまったのか？

しかし、中学生くらいの女の子に、刑事から逃げる、どんな理由があるだろう？　私は首をかしげた。

ともかく今は捜しようがない。

やれやれ……。

息を弾ませつつ、道を戻って行こうとしたとき、ちょうど目の前の家で玄関のドアが開き、

「あの……」

と、呼びかける声がした。「よろしかったら、お寄り下さい」

私は周りを見回したが、確かに他に誰もいない。

「──私のことですか？」

と訊《き》くと、出て来たのは四十前後の、何だか少し不似合いに可愛いセーター姿の女性で、

「はあ。娘を送っていただいて、ありがとうございました」

「は？」

「お礼に、せめてお茶でも……」

見れば、あのセーラー服の少女が、もう普段着に着替えて玄関へ出て来た。

「君、コンビニから──」

「ごめんなさい」

と、少女はいたずらっぽく笑って、「夜道が寂しくて、怖いから、どうしようって思

ってたの。そしたら、コンビニの人があなたのこと『刑事さん』って言ってたんで、この人について来てもらったら安心だと思って」

私は呆気に取られて、腹を立てるのも忘れていたのだった。

「本当にご迷惑をかけて、申しわけありません」

と、紅茶を出してくれた母親は、竹本早苗と名のった。

「いや、こういう娘さんたちの安全を守るのも、刑事の役目です」

と、私は一口紅茶を飲んで、「これはおいしい！　――しかし、この次はちゃんと事情を言って、『ついて来て』と頼んでくれよ」

「はい」

中学三年生の、この少女は竹本啓子。あっけらかんと明るい笑顔は憎めない。

「あんなに急いで歩かなくても良かったのに」

「でも、いかにも刑事さんから逃げてるっていう風に見せないと、ついて来てくれないと思ったの」

「少し運動不足だから、これでいいのかもしれないがね」

と、私は笑って、「しかし、どうしてこんな遅い時間に？」

「啓子はピアノをやっています」

と、母親の竹本早苗が言った。「近々コンクールがあって、それに出ることになっているものですから、練習がきつくて。先生も熱心に教えて下さるので、帰りが何時になるか分らないんです」

「でも、こんなに遅くなるのは、今日で最後だよ」

と、啓子が言った。

「私が迎えに行けばいいんですけど、体が弱いので……。車の運転もできませんし」

「大丈夫。もう子供じゃないよ」

「いや、お母さんのご心配は当然だ」

と、私は言った。「ピアノの先生と、よく相談されたらいかがですか？」

「ありがとうございます」

と、早苗が言ったが、

「そんなの無理」

「啓子——」

「無理って、どうして？」

「音楽やってる人って、少し変ってるし、それに先生の方は懸命に教えてるんだもの。早く帰して下さい、なんて言ったら、カンカンだよ、きっと」

そんなものか。——私はあまり余計な口をきかないことにした。

はた目には非常識でも、その世界の中にいる人間にとっては、ごく当り前ということがあるものなのだ。

「宇野さん、捜査一課って言った？　捜査一課って、殺人事件を担当する所でしょ」

「うん、よく知ってるね」

「じゃ、あのコンビニで訊いてたのも、殺人事件の犯人？」

「まあね」

「怖いこと。——この辺に隠れてるんですか？」

「いや、そういうわけではありません」

と、私は首を振って、「久永安範という男で、別にこの近くに住んでいるわけでもないのですが、なぜだか近くの駅で何度か降りたことがある、ということが分ったものですから。あくまで万が一、を考えてのことですよ」

「そうですか。でも……やっぱり心配だわ。啓子、ちゃんと早く帰って来て」

「お母さん、すぐそういうこと言って」

中三とは思えぬ落ちつき。少しも物怖《ものお》じしないところなど、その態度はどことなく、私の「恋人」、永井夕子を思わせるものだった……。

「じゃ、また遅くなったら、宇野さんに送っていただけばいいわ。ねえ？」

と、早苗が真面目に言っているらしいので、私は、

「は、はあ……」

と、思わず口ごもってしまった。

「失礼ですけど、おいくつでいらっしゃいます？」

と、早苗がいきなり訊く。

「四十になるところ……ですが」

「まあ、意外とお若いんですのね」

「は……」

「でも、それくらい年齢が離れていた方がよろしいんです。音楽の世界では珍しいことではありませんのよ」

「お母さん――」

「この子を嫁にもらってやって下さいません？」

と、竹本早苗は言ったのだった……。

2

「へえ」

と、夕子は言った。「良かったわね。私よりぐっと若い奥さんをもらえるわよ。女房と畳は新しいほどいいんでしょ」

「よせよ、冗談じゃない」

と、私はため息をついた。「言ってるじゃないか。相手は十五歳の中学生だぜ。母親が少し変ってるんだ」

「それで、わざわざその子のピアノ発表会を聞きに行くわけね？」

「それは、何となく話の成り行きで……。帰りがけに、その竹本啓子って子が、『もし良かったら、発表会に来て下さい』って頼んで来たんだ。『お母さん、体が悪いので、私を任せておける人を早く見付けたくて仕方ないの。気を悪くしないで下さいね』って……。そう言われると、何だか気の毒じゃないか」

「博愛主義者の宇野警部さんってわけね」

と、夕子は言って、助手席から身をのり出し、私の頰へチュッとキスした。「許してあげる！　そういう人のいい所に惚れてるんだから」

「ありがとう」

私は、ホッとしてハンドルを握り直した。

——車はこの間竹本啓子を見かけたコンビニの前を通って、駅からそう離れていない、白い建物へと向った。

「コンクールがこんな所であるの？」

と、夕子は言った。

「そうじゃない。コンクールはもう少し先なんだ。今日は、その女の子が小さいころからついてたピアノの先生の教室の発表会だって」

「あ、そうか。——じゃ、今は別の先生についてるの？」

「ああ、どこかの音大の教授とか言ってたよ」

「へえ。偉いわね」

「何が？」

「そうなったら、もう前の先生の教室の発表会になんか出たがらないものよ。私の知ってる子もそうだった」

「ふーん」

「ヴァイオリン、弾いてたんだけど、やっぱり中学生くらいで結構いい先生についてね。前の先生から発表会にゲストで出てくれないか、って頼まれるって、いやがってたわ。『〈きらきら星〉なんて弾いてる子供と一緒に弾いてられる？　そんな時間あったら練習してるわよ』って言ってた。あんまりいい気持はしなかったわね、聞いてて」

「なるほど。じゃ、あの子は義理堅いのかな」

「気持いいじゃない。そういう子なら、あなたを譲ってもいいかな」

「勝手に譲らないでくれ！」

と、私は文句を言った。

車を寄せて行くと、小さな真新しいホールがあり、発表会に出演するらしい五、六歳の女の子が数人、人形のようなドレスで駆け回っていた。

久々の非番の日の昼。――夕子とのデートは、もちろんこの後が「本番」である。

「車に気を付けて！」

と、ホールから外へ出て来て、小さい子たちに声をかけているのは、当の竹本啓子だ。

「ほら、じき始まるから、ホールの中にいて！　転んだりしたら、せっかくのドレスが汚れちゃうわよ！」

私が車を駐車スペースに入れて、外へ出ると、

「宇野さん」

と、啓子が嬉しそうに寄って来た。「来てくれたの？」

「今日は久しぶりに休みでね。ああ、これは永井夕子といって……」

「宇野さんのガールフレンドね？」

と、啓子がいたずらっぽく笑った。「初めまして！　竹本啓子です」

「よろしく」

と、夕子も微笑んで、「すてきよ、そのドレス」

啓子も、舞台用にドレスを着ている。もちろん、小さい子供たちのように派手ではないが、啓子を少し大人びた感じにしていた。

「ありがとう。――小さい子たちから弾くの。可愛いわよ！」

「大変ね。小さい子の面倒みて」

夕子の言葉に、啓子はちょっと複雑な表情になったが、

「私も小さいころは、年上の人たちのお世話になったから。順送りですよね」

「そう考えられたら、すてきね」

「じゃ、もう入って、適当に座ってて下さい。私、色々駆け回んなきゃ。自分の出番を忘れそう」

と、啓子は楽しげに言った。

「気にしないで。あなたの出番は？」

「第一部と第二部の、それぞれ終りの方に二回出ます」

啓子はホールの方へ戻りかけて、振り向き、

「宇野さん。――あの殺人犯、捕まったんですか？」

「いや、まだだよ」

「そう。大変ですね」

そこへ、

「啓子ちゃん、もう始まるわよ」

と顔を出したのは、母親の竹本早苗。

「お母さん、この間の――」

「あら、刑事さん！　来て下さったんですね。嬉しいわ」

と、早苗は寄って来て私の手を握ると、「――そちら、お嬢様？」

と、夕子の方を見て言った。

私が何も言わない内に、

「竹本さん！　先生がお呼び！」

と、他の母親が呼びに来て、

「あら、大変！　それじゃ、ごゆっくり」

と言って、早苗は啓子と一緒に行ってしまった。

私は笑って、

「あれじゃ、娘がしっかりするはずだ」

と言った。「さ、入ろう」

入口では、母親たちが三人受付に並び、プログラムを渡してくれる。

ホールの中へ重い扉を開いて入ると、中は大体三百人程度の収容人員だろう。照明の入ったステージでは、グランドピアノが黒くつややかに光を放っていた。

客席は、もちろん出演する子たちの親や家族、友だちばかりだろう。あちこちに、ビデオカメラを三脚を立ててセットし、ファインダーを覗いている父親の姿があって、邪魔にならない席を選んで座るのは、なかなか大変だ。

「あれが先生らしいわね」

と、夕子が言って、プログラムを開く。「安藤卓先生、か。――写真は大分昔のね」

子供たちに囲まれてニコニコしているのは、もうすっかり髪の白くなった、隠居風の上品な紳士だった。

「じゃあ、そろそろ時間ですから……。みんな揃ってる？　じゃ、始めましょう」

と「安藤先生」が言った。

場内アナウンスが流れて、

「本日は、〈第26回安藤ピアノ教室発表会〉へおいで下さいまして、ありがとうございます……」

母親のボランティアだろう、口調はたどたどしい。

「あれ、ユミちゃんのママね」

と、近くにいた女性が隣の人と話している。

「ユミちゃんって？」

「田所ユミ。――ほら、プログラムの……第二部の十番目に弾くでしょ」

田所……。田所ユミ。

その名前が私の脳裏に引っかかった。

プログラムを開いて、第二部の〈10番〉の所を見ると、〈田所ユミ（小四）・モーツァルト作曲「ロンド」〉とある。

〈田所ユミ〉。——文字で見ると、記憶がはっきりする。

私が立ち上るのを見て、夕子は言った。

「どうしたの？」

「すぐ戻る」

私は小走りにホールのロビーへ出ると、公衆電話を探した。子供たちが何人かそばで遊んでいたが、気にせずに私は捜査本部へ電話を入れた……。

——席へ戻ろうと扉を開けてホールの中へ入ると、もう演奏が始まっていた。まだ三つ、四つの小さな女の子が、たどたどしく指を動かしている。

一曲が短いので、すぐに終って、拍手が起る。私は席に戻った。

「何かあったの？」

と、夕子が小声で聞く。

「〈田所ユミ〉って名を、どこかで聞いたと思ったんだ」

と、私は言った。「今捜してる、久永安範の別れた妻の旧姓が田所」

「——まさか」

「本当だ。娘が一人いて、ユミ、十歳。——まず間違いない。この子は久永の娘だ」

「じゃ、この近くの駅で降りたことがあるっていうのも……」

「娘がこのピアノ教室へ通うのを見に行ったのかもしれない」

「ここに……久永が来る、と？」

「分らんが、可能性はある。今、至急人をよこしてくれと連絡した」

私はプログラムを眺めて、「第二部の十番目。充分時間はある」

と言った。

二番目の子がステージへ出て来て、私は拍手をしたのだった。

3

ピアノが揺れているかと思えた。

あの小さな体のどこに、あれほどの音でピアノを鳴らす力が潜んでいるのだろう。

——第一部の終りに初めてステージに出て来た竹本啓子は、ショパンの曲を弾いた。それまでの、「ミスしても笑ってすませられる」子供たちとはレベルの違いが歴然としている。

発表会というのは、大方自分の家族や知人が弾いている時以外は真剣に聞いていないものだし、現に啓子がピアノに向ったときも、場内を駆け回る子供がいた。

しかし、啓子が弾き始めると、遊び回っていた子供たちも足を止め、騒ぐのをやめて、演奏に聞き入っていたのである。私と夕子も同様だ。

そして、この小さなホールに音が飽和状態になって曲が終ると、それまでの「お義理」のものとは違う、心からの拍手が送られたのだった。

「――ここで十五分間の休憩です」

と、アナウンスが入り、場内が明るくなる。

「凄かったわね」

と、夕子が言った。

「さすがコンクールだ」

私は立ち上って、「ちょっと外を見てくるよ」

と言ってホールを出た。

ロビーには、腰を伸しに出て来た父親たちが何人か、タバコをふかしたり、自動販売機のコーヒーを紙コップで飲んだりしている。

まさか、とは思ったが、一応その一人一人の顔に素早く目を走らせる。

第二部の十番目。――田所ユミが弾くのを、久永は見に来るだろうか？

私はブラリと表に出て、駐車場の方へ歩いて行った。

「――宇野さん」

と、ひそめた声がする。

といっても、普通なら大声（？）かもしれない。

「原田か」

ワゴン車が停っていて、その運転席から原田刑事の大きな体が現われる。

「どうです？」

「今のところ、姿が見えないな。娘の出番はまだ少し先だ」

「一応、このホールの周囲を囲むように、配置してあります」

「ありがとう。しかし……」

「他に何か？」

「いや、別に――」

と言いかけたとき、

「宇野さん！」

と、呼びながらやって来たのは竹本啓子だった。

そして、啓子の後をついてくるのは、淡いピンクのドレスを着た十歳くらいの女の子。

「やあ」

「聞いてくれた？」

「うん。驚いたよ。凄かった」

「無理してない？」

と言いながらも嬉しそうだ。「――あ、この子、ユミちゃんっていうの」

「ユミちゃん？」

「田所ユミ。ママがね、中のアナウンスをやってるんで、一人なのよ」

――この子か！

「ほら、ご挨拶」

と、啓子に言われて、チョコンと頭を下げ、

「こんにちは」

と言う田所ユミは、何とも可愛い。

「ユミちゃんは第二部で弾くの。宇野さん聞いてあげてね」

と、啓子が言った。「まだ四年生だけど、とっても上手なのよ」

そう言われて、ユミは嬉しそうに笑った。

啓子は原田を見て、

「この大きな人、宇野さんのお友だち？」

と訊いた。

「まあね。――原田というんだ」

「どうも」

原田がニコニコして、「可愛いドレスだね!」

「ドレスだけ?」

啓子がいたずらっぽく言って、「――じゃ、私、第二部の仕度を手伝うから。ユミちゃん、行こう」

「ママだ」

と、ユミが言った。

スーツ姿の女性が小走りにやってくる。

「ユミ! どこに行ったかと思ったじゃないの」

「ママ。〈お知らせ〉してなくていいの?」

「今は休憩」

と、微笑んで、「啓子ちゃん、ごめんなさいね。忙しいでしょ。もう行って」

「はい。――じゃ、後でね、ユミちゃん」

と、啓子は急いでホールへと駆け戻って行く。

「竹本さんのお知り合いですか」

「ええ……。宇野といいます」

「私、田所です」

田所佳代子。確かそういう名前だ。

「お嬢ちゃんは第二部だそうで、楽しみですね」

と、私は言った。

「私がアナウンスの係なので、すっかり啓子ちゃんにお手数かけてしまって。――でも、いい子ですわ、本当に」

「確かに」

「もう安藤先生の所はとっくに卒業してしまっているのに、発表会にいやな顔一つしないで出てくれて。ああいう子が出ると、小さい子たちにはいい刺激です。私も上手になれるかもしれない、と思うんですね」

「なるほど」

田所佳代子は今、四十前後で、働いて母娘二人、暮しているはずだ。

「ユミ、おけいこする」

「あら、珍しい。今からやっても……。ま、弾いてみる?」

「うん」

「それじゃ」

と、私に会釈して、田所佳代子はユミの手を引いて行く。

その後ろ姿は、よその母娘と何の違いもなかった。

私は何となく気が重かった。――もし、久永が現われたとしたら、あの母娘の目の前で逮捕することになるかもしれない。

「どうしたの？」

気が付くと、夕子が立っていた。「浮かない顔ね」

「見てたんだろう？」

「今のが例の母娘ね。——宇野警部としては胸が痛いわけだ」

「からかうなよ」

と、私は渋い顔で言った。

「宇野さん」

と、原田も難しい顔で、「もし久永が現われたら……」

「ホールの中で逮捕するのは避けよう。外へ出るのを待って、できるだけ目立たないように」

無理な話と承知の上で、私はそう言った。

「いっそ現われなきゃ、その方が気楽ね」

夕子の言葉は当っていた。

休憩時間もそろそろ終りに近く、ロビーにいた人たちも、一人、二人と客席へ戻って行く。

私は、ロビーに残って、新たに来る客がいないか様子を見ていた。

何人かは新たにやって来て、受付でプログラムを受け取って行く。しかし、久永らしい姿はなかった。

諦めて客席へ入ろうかと思っていると、

「宇野さん！」

と、駆けて来たのは、竹本早苗だった。

「どうしました？」

「啓子が――倒れたんです。楽屋で」

「倒れた？」

私は急いで早苗と一緒に通路を駆けて行った。

〈関係者以外立入禁止〉の札を無視して、私は早苗について奥へと入って行った。

楽屋のソファに、啓子が横になっていた。

何人もの大人と子供が、啓子を取り囲むようにして心配そうに見下ろしていた。

「大丈夫……。みんな戻って」

と、啓子が言った。「お母さんたら、宇野さんまで呼んで来たの？」

「大丈夫か？」

「ええ……。軽いめまいがして。少し駆け回りすぎたかな」

と、啓子は息をついた。

そこへ、

「どうしたんだい?」

と、「先生」がやってくる。

「何ともありません」

「そんなこと言って……。忙しいのに、無理を言って悪いね」

安藤先生は、啓子の手を取って言った。

「そんなことないですよ……。早く行って下さい」

「休んでてくれ。こっちは大丈夫だから」

「少し休めば良くなります」

啓子は肯《うなず》いて見せた。

「——第二部を始めます」

と、アナウンスが流れる。

安藤先生が急いで舞台の袖へと戻って行く。

——啓子は私を見て言った。

「心配かけてごめんなさい」

「いや、そんなことはいいけど……。夕子を呼ぼうか?」

「そこのクッション、取って」

と、啓子は言った。

「ああ」

「頭の下に……。ありがとう」

啓子が息をついて、「──席に戻らないと、夕子さんが心配しない？」

「君といるのなら、心配しないさ」

「そうね。私なんて子供だものね」

「まあ……僕から見れば、確かに子供だ」

と、私は肯いて、「でなきゃ、夕子がおとなしくしてないさ」

啓子はちょっと笑ったが──。

「宇野さん」

「何だい？」

「久永さんが来たら、手錠をかけるの？」

私は、じっと天井を見上げている啓子の目に、哀しい色が浮かぶのを見たような気がした。

「──そういうことにはしたくないね」

と、私は言った。「君、前から知ってたのか？」

「そういう話って、子供同士の間で広まるのよ。誰がしゃべった、ってわけじゃなくても」

「そうか」

「久永さんって、誰を殺したの？」

啓子が私の方を見て訊く。

「浜田令子っていう女性だ。久永が課長で、浜田令子がその下で働いてた。久永が四十七、八、彼女は二十五、六の年に付合いが始まって、久永は奥さんとも別れた」

「ユミちゃんのママね」

「うん。田所佳代子という名だな、お母さんの方は。それで、久永は浜田令子と暮し始めた。しかし……」

と、私は言い淀んだ。

「うまく行かなかったの？」

「どう言ったら正しいのかな。いや、本当のところは僕らにも分っていないが、分ってる限りでは、久永と浜田令子は、一年ぐらいはうまくやっていた」

「年齢の差？　二十歳くらい違うね」

「そうだな。僕と君くらいか」

「私とじゃ、もっと違うでしょ」

「手厳しいな」

と、私は笑って、啓子も笑った。

少し、話の重苦しさが救われたようだった。

「まあ、結局は二人の間がうまく行かなくなって、浜田令子に若い恋人ができた。というか、そういう噂が立ったらしい。それで、久永がカッとなって、浜田令子と言い争った……」

「それで……殺したの？」

「分っている限りではね。――よくある話、と言ってしまえばそれまでだが」

「でも、喧嘩しても、殺したりしないよね、普通」

「そうだね」

「奥さんと別れてまで一緒になったのに。そのときは、きっとお互いにとても好きだったんだよね」

と、啓子は悲しげに言った。「それなのに、どうして殺しちゃったりするんだろ」

「全くだね。二人で別々にやり直せばいいのに」

と、私は言った。「ユミちゃんが、今のピアノ教室に来たときは、もう田所って名になってた？」

「うん。一年半くらい前かな、入って来たの」

そう答えて、ふと、「宇野さん。――田所さん、知ってるんだよね、事件のこと」

「もちろん。久永の立ち寄りそうな場所の一つとして、元奥さんの所へも刑事が行ってるよ」

「そうか……。でも、ユミちゃんは知らないね、きっと」

「話してないだろうな」

と言って、ふと私は考え込んだ。

「ああ、もう行かなきゃ……」

と、啓子が起き上った。

「大丈夫かい？」

「ええ」

啓子は頭を軽く振って、立ち上った。

ロビーに置かれたスピーカーから拍手が聞こえている。

「じゃ、私、先生のお手伝いをするので」

と、啓子は舞台の方へと急いで行ってしまう。

私も客席に戻った。

夕子は黙ってプログラムを眺めている。

私は気になっていた。——田所佳代子が、私や原田を見て、刑事だということに全く気付いていない様子だったことが。

気付いていないのか、それとも、気付いていないふりをしていたのだろうか……。

4

第二部も、三曲目、四曲目と進んで行く。

——正確に、何時何分に子供が出るかは分からないので、親や家族は早めに来ている。

しかし、それらしい姿は見えなかった。

やはり、久永はやって来ないのだろうか。

「あと三曲ね」

と、一曲すんで拍手しながら夕子が言った。

「うん……。来そうにないな」

と、私は言った。

「でも、諦め切れないって顔だわ」

「そうか？　実はね、直感的に、久永が来るって気がしてるんだ。もちろん、外れてるかもしれないが」

永年刑事をやって来ての勘というものだろう。果してそれが当っているかどうか。

「次はプログラム第二部の〈8番〉——」

と、アナウンスが流れたが、「お知らせがあります。都合により、プログラムの第二部〈10番〉の田所ユミさんの演奏は、〈15番〉の次に変更になります」

私と夕子は顔を見合せた。

田所佳代子のアナウンスの声は淡々としていたが、ユミの演奏が後に回るということは、久永がまだ現われないから——それはつまり久永が来ることになっているからではないか。

「ロビーへ出てるよ」

と、私は言った。

「私も」

夕子も一緒に立ち上る。

重い防音扉を押してロビーへ出ると、夕子は言った。

「楽屋の方を覗いてみるわ」

「頼む。表の様子を見てくる」

私は小走りに建物の外へと出て行った。

「あ、宇野さん」

原田が駐車場でのんびりハンバーガーなどパクついている。「腹が減っちゃったもんで……」

「そんなことはいい。久永らしい男は見えないか?」

訊くまでもない。見えていれば逮捕しているだろう。

私はワゴン車の中へ入り、周囲にいる車へ連絡を入れた。

どの車も、怪しい人物や車を見かけていない。——では、これからやって来るのだろうか？

ワゴン車を出て、私は人気のない駐車場を見回した。

夕子がやってくる。

「——何かあった？」

「いや、さっぱりだ」

と、首を振って、「しかし、今のアナウンスだと——」

「そのことなの。お願いがあるのよ」

夕子が「お願い」などと言いだすと、ろくなことはない。

「何だい？」

夕子は私の腕を取って、駐車場の隅へ連れて行く。原田が、

「お二人さん、ごゆっくり！」

などと呑気な声をかけて来た。

夕子は足を止めると、

「ねえ、久永が、どうしてもユミちゃんのピアノを聞きたいと思ってるのに、ここへ来

たくても来られないのだとしたら……。きっと、周囲で警察の車が見張っていることに気付いてるからじゃないかしら」

「近くまで来てるが、ここへ近寄れないってことか」

それは確かにあり得る。——テレビや映画じゃないのだ。現実に刑事が張り込んでいる姿に、神経質になっている犯人が気付かないわけがない。

「ねえ、それじゃ可哀そうじゃない？　ユミちゃんの演奏を聞いてから逮捕しても、同じことでしょ」

「そりゃそうだけど……」

「いくら、それまで手を出すなと言っておいても、久永には通じないんだし。だから、あなたの責任で、他の人たちを一旦全部引き上げさせて」

私は唖然《あぜん》とした。

「つまり——僕だけで捕まえろって言うのかい？」

「私もいるわ」

「そういうことじゃなくて——。表で見張ってて、裏から出られたら分らないじゃないか！」

「まあね」

「それで逃げられたら……」

「あなたが潔く責任を取ればいいのよ」

他人事だと思って！　夕子は続けて、

「クビになったら、私がホステスでも何でもして養ってあげる。ヒモになって暮すの、いや？」

と、夕子は私のお腹を見て、「ヒモって言うには太すぎるわね。綱ってところかしら」

「そんなこと――できないよ」

「分ってる。でも、やって。あの母娘と、久永を一目会わせてやりたいでしょ」

「いや、それは……」

「啓子ちゃんも、きっと感謝するわよ。キスの一つぐらい、してくれるかも」

私が、そんなことで動かされたとは思ってほしくない。要するに、いつもの夕子のわがままに押し切られただけなのだ。

結局、私は原田たちに、

「全員引き上げろ」

と命令を出したのだった……。

「次は第二部〈15番〉の菊池ユリアさん、小学校六年生。曲はベートーヴェンの『ソナチネ』です」

アナウンスが終り、髪を長く腰辺りまでたらした少女が、可愛い白のドレスで現われ、ピョコンとおじぎをした。

私と夕子は拍手をした。——もう、開き直って座席に落ちついていたのである。

この次が久永の娘だ。

このホールのどこかにいるのだろうか？　私は未練がましく、そっと周囲を見渡していた……。

途中、ちょっと間違えたものの、〈15番〉の子も無事に終り、ひとしきり拍手が起る。

そして袖に消えると、アナウンスが、

「では、次に、〈10番〉の田所ユミさん。曲はモーツァルトの『ロンド』です」

田所ユミがステージへ出てくる。

夕子はニコニコしながら拍手していた。やれやれ、呑気でいいや。私も、ほとんどやけ気味で拍手した。

ユミが、ピアノに向い、弾き始める。

「——いいわね、小さい子って自然で」

と、夕子が呟《つぶや》くように言った。

私も全く同じことを考えていたので、びっくりして夕子を見た。

つまり、ユミがピアノに向って、一呼吸も置かずに、まるで一人で「おさらい」でもするようにスッと弾き始めたのが、「うまく弾いて感心されたい！」という気持がまだない、爽やかさを感じさせたのだ。

夕子も私を見て、同じことを考えていたと知ったらしい。肘かけにのせた私の手に自分の手を重ねて来た。

少々照れくさかったが、悪い気はしなかった。——これで、警部の椅子を棒に振るのはちょっと惜しかったが。

ユミは淀みなく弾き続け、途中一回だけ、素人目にも（耳にも？）分るミスをして、ちょっと舌を出したりしたが、それも笑いを誘うもので、無事に演奏を終った。

夕子も私も、久永を捜すのは後回しにして、拍手した。

ユミが頬を紅潮させて、嬉しそうに頭を下げ、友だちらしい子が二、三人、舞台の下へ駆けて行ってお花を渡す。

またひとしきり拍手があって、ユミはおじぎをくり返し、袖へ入って行った。

「——では、次は第二部の〈16番〉……」

アナウンスは淡々と続く。

「どうなってるんだ？」

と、私は言った。「夕子。——おい、どうした？」

夕子は小さく肯くと、

「分った」

と言った。

「何が？」

「久永よ。ずっとここにいたのよ」

「何だって？」

夕子が、

「見て」

と指さした方に目をやると——三脚を立てて、8ミリビデオカメラがセットされていたが、今は人がいない。

「——あれが？」

「大勢、お父さんたちがあちこちでカメラをセットして、わが子を撮ってる。その中に混って、ずっとファインダーを覗いていれば、顔が分らない」

「しかしビデオや三脚を——。レンタルできるか！」

主のいなくなったビデオカメラは、録画中の赤いランプが点いたままだった。

ということは——久永は初めからこのホールの中にいたのだ。いくら外で見張っていても、分らないわけである。

それなら、今、久永は田所佳代子やユミと会っている！

もう次の演奏が始まっている。私はそっと席を立とうとした。

夕子が私の手をつかんで、

「一曲、終ってから」

と、小声で言った。「礼儀よ！」

私はふてくされて、また腰をおろした。——どうにでもなれ、という心境である。

その一曲は、また特別長く感じられた。

終って拍手してから、私と夕子は立ち上った。

アナウンスが、

「次は、第二部〈17番〉——」

と同じ声で続く。

「どこでアナウンスしてるんだ？」

「行ってみましょ」

私たちは、ロビーへ出ると、〈調整室〉という矢印を見付け、それに従って二階へ上った。

〈調整室〉のドアを開けるとき、いささか緊張したが、もし久永がいるとしても、田所佳代子も一緒なのだ。まず抵抗して暴れるという心配はないだろう。

ドアを開けると——中は薄暗くて、ボタンやつまみの一杯並んだパネルに、赤や青の灯が点いている。

その前に座って、マンガを読んでいた中学生くらいの女の子。——中にはその子一人だった。

「君……一人？」

「うん」

「何してるんだ？　アナウンスはここでしてるんじゃないのかい？」

「やってるよ」

と、女の子は言って、「一つ終ると、そのカセットの再生ボタン、押すの」

私は愕然とした。

「君……いつからここでテープの番をしてるの？」

「初めからずっと」

「初めから？」

「一日、これやって三千円くれるって言われて。おこづかい少なくて困ってるから、助かっちゃう」

と、女の子はニコニコしている。

私は気持を鎮めて、

「君にこの仕事、頼んだのは？」

「ユミちゃんのママだよ」

と、女の子は言った。

――私は、急いで一階へ下りると、外へ出てみた。むろん、その辺に久永がウロウロしているわけもないが。

受付の母親たちの一人に、

「田所さんは車でみえましたか」

と訊いた。

「ええ。赤い、可愛い車に乗ってらっしゃるんですよ」

「どの車です？」

「出てすぐの所に……」

と、その母親は、外へ出て、「あら、ないわ。いつ出て行ったのかしらね」

「――そうですか」

私は、諦めてロビーのソファに腰をおろした。

「ごめんなさい」

と、夕子が言った。「向うが一枚上手だったわね」

「ま、いいさ。上へ報告して、クビならクビで。――交通巡査でもやるかな」

「体に悪いわ。二人でラーメンの屋台でも始めない？」

夕子は夕子なりに責任を感じてくれているらしい。

「原田さんが毎日食べに来たら、それだけでも結構儲かるわよ」

5

最後を飾ったのは、やはり竹本啓子の演奏だった。

これぐらいは私も知っている。ショパンの『英雄ポロネーズ』。

ピアノは、ここぞとばかり鳴り響き、その歯切れのいい音は胸がすくようだった。

夕子が私をつついて、指さしたのは——。

田所ユミが、前の方の席で、食い入るように啓子の演奏に見入っていた。

戻って来たのか。むろん、久永は今ごろ電車にでも乗って遠くへ向っているだろう。

啓子はみごとにピアノを弾き終えると、息をついて立ち上った。

大きな拍手がホールを満たす。

「それでは、最後に安藤先生からのご挨拶をお願いします」

これは「生放送」かもしれない。

白髪のピアノ教師はステージに出ると、

「今日は、みんなよく頑張りました。特に中学生のお姉さんたちが、小さい子のお手本になって、しっかり弾いてくれて、とても嬉しかった。ありがとう」

ひとしきり拍手が起る。

「小さい子たちも、次の会へ向けて、毎日少しずつでも、きちんと練習して下さい。ご苦労様でした」

ガヤガヤとみんなが立ち上り、

「記念撮影があります！」

と、母親の声が飛ぶ。「出演者全員と、親ごさんは舞台へ上って下さい！」

ステージに椅子が並べられ、真中に先生を座らせて、両側を一番小さい子たちがドレスや半ズボンに蝶ネクタイのスタイルで囲む。

私と夕子がそれを眺めていると、

「宇野さん！　夕子さん！」

と、啓子が通路をタタッと駆けて来た。「一緒に写真に入って！」

「僕らはただの――」

「いいから！　ね！」

啓子に手を引張られて、私は仕方なくステージに上った。夕子も笑いながらついて来る。

「――宇野さん、私の隣」

と、啓子が言った。「夕子さんと、両手に花でしょ」

「おいおい」

私は苦笑した。

「はい、揃いましたか！」

プロのカメラマンらしいのが、正面の客席でカメラをセットし、「ええと……そこ、もう少し左へ寄って。——逆、逆。——そうそう」

背の高い子を後ろへ、ドレスの色が似た子は少し離れて、とやっていると、十分くらいたってしまう。

「——はい、それじゃ撮ります！　みんな楽しそうにね！」

シャッターが落ち、何度もフラッシュが光る。

十枚近く撮っただろうか。——やっと終って、

「はい、お疲れさま！」

と、幹事役らしい母親が汗を光らせながら言った。

私は、啓子が母親の方へ行くのを見送って、

「帰るか」

と言った。

すると、誰かが肩を叩く。

振り向くと、

「お手数をかけまして」

と、頭を下げたのは——久永安範だったのである。

「それじゃ……」

夕子が目を丸くして、「啓子ちゃんの考えだったの？」

「ごめんなさい」

と、啓子が私の方へ頭を下げる。

「啓子ちゃんが悪いんじゃありません」

と、田所佳代子が取りなすように、「ユミが、パパに会いたがっているのを知って、同情してくれたんです」

「佳代子とユミが、安藤先生のお宅からレッスンを終えて出てくるのを、隠れて見てたんです」

と、久永は言った。「そのとき、プログラムが一枚落ちて、今日、ここで弾くと知り……」

他の人たちが帰った後の客席で、私たちは話をしていた。

「どうしても覗いてみたくなりましてね」

「落ちたんじゃないよ」

と、ユミが言った。「ユミが落としたんだよ。パパがいるの、分ってたから」

「お前……。知ってたのか？」

「どうやら、子供たちのことを、甘く見てたようですね」

と、夕子が笑って言った。

「この人から連絡があって、今日ここへ来たいと言うんで……」

と、佳代子が言った。「でも、刑事さんが来るかもしれない。そうなったら、ユミの目の前で捕まることになるかも……。それは見せたくなかったんです」

「私、ユミちゃんから聞いて、考えたの」

と、啓子が言った。「何かいい方法ないかなって。そんなとき、宇野さんと会ったんです」

「僕に尾行させたとき？」

「あの後、うちにまで上ってくれて、この人ならいい人だから大丈夫だ、と思ったの」

夕子が笑いをかみ殺している。

「当日、久永さんには一番初めからこの中へ入ってもらうことにしたの。当然、ユミちゃんの出番だけ聞きに来ると思うでしょ、誰だって。ユミちゃんのママが、ビデオカメラと三脚とか一式レンタルして来て、それを久永さんにずっと覗いてもらう。そんなお父さん、沢山いるし、まさか一人一人の顔を見て歩くなんてこと、宇野さんはやらないと思った」

「確かにね……」

と、私はため息と共に言った。

「でも、それだと、久永さん、ユミちゃんのピアノを弾くのは見られるけど、一緒にはいられないでしょ。それで、ユミちゃんのママに話して、アナウンスは予《あらかじ》めテープへ入れておいてもらい、アルバイトの子に再生してもらう。そうすれば、ユミちゃんとママは、出番以外は自由に動ける」

私は、きっと夕子が中学生のころはこんな風だったに違いない、と思った。

「でも、初めから警察の人が見張ってたわけじゃないのよ」

と、夕子が言った。

「そうなんですね。私、ユミちゃんのパパって、もっと大物のギャングか何かだと思ってたの」

啓子の言葉に、久永が情ない顔で笑った。

「でも、さすがに宇野さんが気が付いて、この周りに一杯刑事さんが来て。――それで私、思い付いて、休憩時間にわざとユミちゃんを宇野さんたちの所へ連れて行ったの。きっと可哀そうだと思ってくれると信じてた」

「この子ったら……」

と、早苗がため息をつく。

「私、休憩の間に、ユミちゃんのママに言って、後半のテープを入れ直してもらったんです。わざとユミちゃんの順番後回しにして。いかにも、ユミちゃんのパパが近くまで来てて、刑事さんがいるので見られないって気がするでしょ？　――でも宇野さん、やっぱりいい人だった。刑事さんたちを帰してくれて。ユミちゃんの出番の後、久永さんと三人で、車で近くのレストランで食事して来たんですよ」

「そして、啓子ちゃんの出番に合せて戻ってきたってわけね」

と、夕子は言った。「おみごと！」

やれやれ……。

私は言葉もなかった。

「申しわけありません、ご迷惑かけて」

と、久永が頭を下げ、「私が馬鹿なことをしたばかりに……」

「後悔してるのか」

「もちろんです。――令子は私のことをずっと思ってくれていたのに。私の方が、『いつか令子が年上の私に飽きるに違いない』と思い込んでいたんです」

久永の額にしわが刻まれて、髪も手配の写真に比べると、見違えるように白くなっている。

「令子が男と会っていたのは、義理の兄で、私が仕事で失敗して落ち込んでいたとき、何とか元気付けてほしくて、相談に行っていたんです。それを私は誤解して……」

久永は大きく息をついて、「――殺してしまってから、その人からＦＡＸが来て、本当のことを知りました」

「あの人はいい人だったわ」

と、佳代子が言った。「だから、あなたを任せる気持になったのに」

「ああ……。自首しようと思ったんですが、どうしてもユミと佳代子の顔が見たくなり……。ピアノの稽古の日に、出かけて行って――。後は、こういうことです」

「あなた。私とユミが待ってるから、ちゃんと罪を償って来て」

と、佳代子が久永の腕を取って、「私、令子さんのお墓に欠かさず参っているから」

「すまん」

と、久永が頭を下げた。

「――じゃあ、行くか」

と、私は立って促した。

「手錠は――」

「そんなもの、いらんさ」

「ありがとうございます」

啓子が目を潤ませて、

「宇野さん、私は？」

「君？」

「公務執行妨害っていうんでしょ？」

私は苦笑して、

「久永を逮捕するという目的は達したんだ。何も問題ないさ」

と言った。

久永が、ユミの頭をなでて、

「それじゃ行ってくる」

と言った。

「うん。——帰って来たら、ディズニーランドに行こうね」

「ああ、そうしよう」

私と久永は、出口の方へ歩き出した。

夕子が少し遅れてついて来る。

すると——軽やかなピアノの響きが聞こえて来て、私たちは振り返った。

ステージで、啓子とユミがピアノに向って、連弾しているのだった。

「バッハだ」

と、夕子が言った。「『主よ、人の望みの喜びよ』だわ」

人の望みの喜び、か……。

久永が、ステージと、その前の客席で見送る人々の方へ、深く頭を下げる。

そして私たちはピアノの音に送られながら静かにホールから出て行ったのだった……。

第三話　幽霊暗殺者

1

あまり口をききたくない知り合いというのがいる。

特に、私のように捜査一課の警部なんぞやっていると、顔見知りに、色んな連中がいる。

「――どうしたの？」

と、永井夕子が面食らって言った。

同じテーブルで飲んでいた私が、急に席を変えたからだ。びっくりしても当然である。

「ちょっと会いたくない奴なんだ」

と、私は小声で言った。

夕子が私の肩越しに、カウンターの方を見て、

「赤いワンピースの女の人？　別れた彼女なの？」

「違うよ！　黒いスーツの男たちがいるだろ？」

と、私は言った。

「ああ、見るからにヤクザね。知り合い？」

「仲田武広といって、幹部級だ」

「あの一番年長の……。五十くらい？」

「そんなもんだな」

と、私は肯いた。「昔、ちょっとした一件で、奴は逮捕されたんだが……」

小声で話していたし、割合広いバーなので、中は話し声でやかましく、聞こえたはずはないのだが——。足音が近付いて来たと思うと、

「宇野さん！　やっぱりそうでしたね」

と、傍《そば》に立った仲田を見上げて、

「やあ」

私は諦めて、「立派になったたな」

「宇野さんのおかげですよ」

「よしてくれ」

と、私は言ったが、前より大分腹が出て、一昔前の中小企業の社長風になった仲田は、

「おい、みんな！」

と、子分たちを呼んだ。「こちらはな、警視庁の宇野さんだ」

そう言って、夕子に気付き、

「それと……」

「永井夕子」

と、ニッコリ笑い、「宇野さんとは親しいお友だち」

「おやおや！　やってくれるじゃないですか！」

仲田は笑って、「――みんな、憶えとけ。この宇野さんは、チンピラのころ、殺しの容疑をかけられて困ってた俺を助けてくれたんだ」

私は苦笑した。仲田は続けて、

「俺は消されるところだった。真犯人を挙げて、疑いを晴らしてくれたのはこの人なんだ。――ヤクザだからって、頭から疑ってかからない、立派な刑事さんだ」

「俺は普通に捜査して、犯人を見付けただけさ」

と、私は言った。

「いや、その当り前のことをしてくれる警官は珍しいんですよ。みんな何かといやあ、俺たちに罪をなすりつける」

仲田は私の肩を叩いて、「全く、今の俺があるのは、宇野さんのおかげですよ。――どうも、お邪魔しましたね、お嬢さん」

と、夕子に会釈する。

「――やれやれ」

と、私はため息をついた。

「あなたは任務を果しただけよ。負い目に感じることないわ」

と、夕子が言った。

「分ってる。しかし――」

と、私が言いかけたときだった。

「危い！」

と、夕子が私の肩越しに目をやって叫んだ。

私が振り向くと、ドアが開いて、若い男が一人、ジーパン姿で飛び込んで来た。そして、カウンターにいた仲田の方へ真直ぐに突進したのである。

仲田の子分たちが気付いたとき、若い男は、仲田の目の前にいた。

そいつが仲田を狙っていたとしたら、完全に息の根を止めていただろう。その代り、自分もその場で殺されていたろうが。

しかし実際には、そんなことは起らなかった。その若い男は、仲田の目の前の床へペタッと膝をつき、

「お願いします！」

と、頭を下げたのである。「子分にして下さい！」

仲田は一瞬ギョッとしたが、

「何だ、お前か」

と、うんざりした様子で、「帰れ帰れ。今どき、そんな真似したって、俺たちの一人にゃなれねえぞ」

「俺は命を賭けてるんです！　どうか、子分にして下さい！」

と、床に頭をこすりつけんばかり。

「ずいぶん若いわ」

と、夕子が言った。「せいぜい二十歳？」

「そんなところだろうな」

私は肯いて、「命を捨てたがる奴の気が知れん」

と、ため息をついた。

「出ようか」

何だか、そんな光景を見ていたくなかったのである。

「とっとと出てけ！　叩き出すぞ！」

と、子分たちの一人が怒鳴る。

「おい、手荒な真似はよせ。旦那も見てる」

仲田はチラッと私の方を見た。「――なあ、若いの。そうやって手をつかれても、お前にどの程度の度胸があるか、俺たちにゃ判断がつかないんだ。むだなことはよしな」

若い男は、ひどく思い詰めた顔をしている。

「それじゃ、どうすれば分っていただけるんでしょう?」

と、仲田を見上げた目は、大きく見開かれ、血走っている感じだった。

「そりゃあ……まあ、大物をばらしでもすりゃ、見直してやるがな」

と、仲田がニヤニヤしながら言った。

「大物って――誰ですか」

「そうだな、本当の大物ってのは、こんななりで歩いちゃいないんだ。たとえば――」

仲田は、カウンターの奥の小さなテレビに目をやって、「たとえば、あいつだな」

夕子が首をのばしてテレビを眺め、

「何とか大臣じゃない?」

と言った。

私は少し腰を浮かして、

「ああ。――水口千吉だ。建設大臣だな」

テレビでは、赤黒い顔色に白髪が何だか似合わない、金バッジを光らせた大臣が偉そうにインタビューを受けていた。

「ありゃ、今の建設大臣だ。ええと……何てったかな」

仲田も不勉強がばれている。

「あいつが大物なんですか」

と、若者が訊《き》く。

「そうとも。奴は、政治家づらしてやがるけどな、裏じゃこの世界を取り仕切ってるワルなんだ。大物と言や、あれほどの大物はいないぞ」

「大臣ですか……」

「あいつをやっつけりゃ、お前も一気に大物さ」

仲田はそう言って笑った。「分ったら、高性能ライフルでも買い込んで、せいぜい練習するこったな」

若者は、青ざめた顔で立ち上ると、

「分りました」

と、低い声で言った。

「そうか。分ったら、また出直して来い」

「そうします」

と、頭を下げ、「お邪魔しました」

「おい待ちな。――名は何てんだ？」

「南原哲也といいます」

「ふん。ま、頑張れよ」

「ありがとうございます！」

と言って、もう一度深々と頭を下げ、その若者は店から飛び出して行った。

「やれやれ、うるせえ奴だ」

と、仲田はグラスを空けた。

「おい、仲田」

私は立ち上って、支払いをしながら、「今の若いのが、お前の話を真に受けて何かやらかしたら、どうするんだ」

「宇野さんも心配性だね」

と、仲田は笑って、「大臣にゃＳＰが一杯ついてるんだぜ。それにあんな若造に、大臣がどこにいるかなんて分るわけないさ」

「冗談はほどほどにしとけ」

と、私は渋い顔で言った。

「はいはい。――今の若いの……。何てったっけ？」

もう忘れているのだ。

「南原哲也」

と、夕子が言った。「大臣は水口千吉」

「さすが！　若い人は記憶力がいい」

仲田はホロ酔い加減なのか、声をたてて笑った。

私と夕子はバーを出て、少しヒヤリとする夜風を吸い込んだ。

「——今どき、あんなことに夢をかける奴がいるんだな」

と、私は言った。

「見て」

夕子が私をつつく。

少し離れた暗い路地で、

「放っとけよ！」

と、苛々《いらいら》した口調で言っているのは、さっきの南原哲也だ。

「馬鹿なことやめて！」

と、哲也の腕にしがみつくようにしているのは、若い娘だった。エプロンをつけて、たぶんどこかのウェイトレスでもしている子だろう。

「俺にゃ俺の生き方があるんだ！　放っといてくれ！」

「何言ってるのよ！」

と言うなり、娘の方はカッとなった様子で、平手で哲也の頬を引っぱたいた。

バシッという音が辺りに響いて、叩いた当人の方がびっくりした様子。

「――ごめん」

と、ポカンとしている。

「気がすんだか」

と、哲也が言った。

「哲也、私……」

「いいんだ。――仕事あるだろ」

娘が肯く。

「アパートへ帰ってるよ」

「遅くならないようにするわ」

――哲也が足早に姿を消し、残った娘はうつむき加減にため息をついていたが――。

夕子がスタスタと近付いて行くと、

「ちょっと、ごめんなさい」

と、その娘に声をかけた。

どうやら、今夜のデートも色々邪魔が入りそうだ。――私はため息をついたのだった。

2

「お邪魔しました」

私はホテルの支配人に礼を言って、廊下へ出た。

一人ではない。原田刑事が一緒である。

「――当て外れでしたね」

と、原田が言った。

「そう簡単に当れば苦労しないさ」

と、私は言って、エレベーターの下りのボタンを押した。

殺人事件の捜査で、容疑者が以前このホテルで働いていたと聞いてやって来たのだが、情報の間違いで、働いていたのは弟、しかも、ほんの二、三か月だということが分ったのだ。

「昼どきですね」

原田が大げさに腕時計を見る。私は笑って、

「ついでだ。何か食べていくか」

「いいですね！」

原田がとたんにニコニコする。エレベーターの中で、足踏みでもしかねなかった。

ロビーでエレベーターを降りると、

「失礼」

と、紺のスーツの男が寄って来る。「宿泊の方?」

一目でSPと分る。

「警視庁の者です」

と、手帳を覗かせる。

「失礼しました」

「どなたかおみえで?」

「水口大臣が、会食で」

水口か。——水口千吉。

「何の大臣でしたっけ?」

原田は遠慮がない。

「建設大臣です」

SPは正直に答えて、「今、帰られるところなので」

「分りました」

私は原田を促して、ロビーの隅へ寄った。

本当は妙な話である。大臣といえども「公僕」だ。向うが一般人に遠慮するのが筋というものだろう。

しかし、ここでSPとケンカしても始まらない。

エスカレーターで、ロビーへSPが二人上って来た。続いて、水口の白髪の頭が覗く。

私は、夕子と二人でいたあのバーでの夜のことを思い出していた。十日ほどたつ。

あのときの若者――南原といったか。

恋人でウェイトレスの良子という娘と話した夕子は、南原哲也がどこか体を悪くしているらしいと聞いた。

やけになって、「何かでかいことをやりたい」と思っているのなら、全くもったいない話だ。まだ二十一歳というのに。

夕子は、泣いている良子という娘を慰めて、

「何かあったら、あの宇野さんって人に頼むといいわ」

と、いつもの通り、勝手に「売り込んで」いた……。

「――大臣。お車が待っております」

と、迎えられて、

「ああ」

やけに胸をそっくり返らせて、水口はロビーを横切っていく。

私は苦笑しながら眺めていたが――。

突然、バアンという破裂音と共に、ホテルの正面のガラス扉が割れた。一瞬、時間が止る。

「銃だ！　伏せろ！」

と、ＳＰの一人が叫んだ。

ロビーにいたＳＰの内、三、四人が水口の周囲へ駆けつけて取り囲む。二発目が飛んで来たら、楯《たて》になるのだ。

「どこだ！」

他のＳＰがロビーを駆け回っている。

音が響くので、どこから撃ったのか、よく分らないのだ。

「大臣を車へ！」

と一人が叫んで、水口は周囲を囲まれながら玄関へ向った。

砕けたガラスが散っているのを避けて、わきへ回る。

私は、ふとホテルのベルボーイの一人が柱のかげに入るのを目に止めた。

「原田。——あの柱の向うだ」

私は拳銃を抜いた。

水口たちが荷物用の扉から外へ出る。そこへ白い制服の男が近寄った。

とっさのことで、狙う間はない。私は、その男の頭上へ向けて引金を引いた。〈非常口〉の表示が砕ける。男がギクリとして振り向いた。

「原田、気を付けろ！」

と、私は叫んだ。

男が駆け出した。原田が行手を遮ろうとしたが——。男は手にした拳銃の引金を引いた。

原田が仰向けに倒れる。

「原田！」

私は夢中で駆け出していた。


「それじゃ——」

と、夕子がグラスを上げて、「原田さんのご冥福を祈って」

「やめて下さい」

と、原田が渋い顔で、「皮肉を言われてるようで」

「皮肉だよ」

と、私は笑って、「無事で良かった！」

夕子と私と原田、この三人での夕食は、ホテルのレストランという豪華版だった。

「でも靴が良かったのね」

と、夕子は言った。

そう。原田がもし本当に犯人の目の前に飛び出していたら、きっと至近距離から撃たれていただろう。

原田の靴は底がツルツルで、撃たれる前に転んでしまったのである。おかげで、犯人の放った一弾は、原田の上を通過して行ったというわけだった。

「――でも、あなたたちのおかげで水口大臣は助かったんでしょ。お礼ぐらいしてくれてもいいわよね」

夕子がオードヴルを食べながら言った。

「あわてて車で逃げてった。SPも、大騒ぎでそれどころじゃない」

と、私はグラスをテーブルに置いた。「こっちは、相手が大臣でもホームレスでも同じだ。人命を助けたのは仕事の内さ」

「礼より団子、です」

と、原田はもうオードヴルの皿を空にして、「おかわりはないのかな……」

夕子は少し気がかりの様子で、

「顔は見たの？」

「その男の？　いや、僕は離れてたからな。例の、南原のことか」

「ええ。もしあの仲田って人の話を真に受けていたら……」

私も、本当なら南原のことをSPへ連絡すべきかもしれない。しかし、本当に南原がやったことかどうか、何の証拠もなしに逮捕するわけにいかない。

「あの子が可哀そうね。もしそんなことになったら」

と、夕子が言った。

「あの恋人が？」

「そう。矢吹良子。まだ十九歳よ」

夕子自身だってそう違わない。

「その子に当ってみるか」

と、私は言った。「万一、あの男なら、二度目にやる前に止められるかもしれない」

「でも、いいの？　他の事件にかかってるんでしょ？」

そう言われれば、却ってやめられないことは、夕子もよく分っているのである。

「まあ、若い奴らが動いてくれてるからな」

と、私は言った。

「良かったわ」

夕子はウェイターを呼ぶと、「――こちらへ通して下さい」

と言った。

私がキョトンとしていると、ウェイターに案内されてやってきたのは、あのウェイトレス、矢吹良子だったのである……。

「――図々しく、すみません」

と、矢吹良子は何度めかの「お詫び」を口にした。

「いいから食べなさい」

と、私は笑って、「安月給の警官でも、カードぐらいは使えるよ」

食卓はプラス一人で、予算もその分オーバーしていたわけである。

しかし、夕子が矢吹良子を呼んで、一緒に食事をとらせているのは、良子が身ごもっているせいだった。もちろん南原の子だということである。

「哲也さんには話してないんです」

と、良子は言った。「二人きりでゆっくりできたときに話そうと思って。でも――あれ以来、戻らないんで」

「すると、もう十日も?」

「はい。電話が一度ありましたが、すぐ切れてしまって」

「何か言ってたかい?」

「いえ……。私が『どこにいるの?』と訊いたら、『もう捜したりするな』って。――それで切れてしまいました」

「ふむ……」

私は考え込んで、「――今日の事件を知ってるね?」

「あの水口って大臣が襲われたんですね。私、ニュースで聞いて心臓が止るかと……。それで夕子さんに連絡したんです」

そういうことか。——何しろ我が恋人は黙ってそういうことをやってしまうので、困る。

「あれ、哲也さんがやったんでしょうか?」

「それは分らない。顔は見てないのでね。しかし、もしそうだとすると、またやるつもりかもしれない。それを何とかして止めなきゃ」

「はい」

「何か心当りはない? 今、どこに身を寄せているか」

「私にはさっぱり……。もともと身寄りのない人なんです」

——食事は、終りに近付いて、デザートをとっていた。

良子も心配と食欲は別、というのか、

「お腹の子供さんのためよ」

と、夕子に言われて、しっかり食べている。

母は強い、と私が感心していると、

「——ああ、いたいた」

戸惑っている店の人間を尻目にやって来たのは仲田だった。

「おい、食事中だぞ」

「分ってます。そうお邪魔しませんよ」

仲田は渋い顔で、「今日の一件で心配になってね。もしかして、あの若いのが？」

「もしそうなら、お前のせいだぞ」

「そう言わんで下さい。まさか本当にやるなんて思いませんよ」

と、仲田は言った。

「で、それだけか、用事は？」

「実はうちの若いのが、あの南原って奴を見かけて」

良子が思わず息をのむ。

「どこにいるって？」

と、私は訊いた。

「あのバーの近くに、〈N〉って、今にも潰れそうな小さいバーがあってね。そこの女と南原ができてるらしいんですよ」

それを聞いて、良子が顔を真赤にすると、

「嘘だわ！」

と、大声を上げた。

仲田はびっくり仰天した様子で、尻もちをついてしまった。

ウェイトレスがヤクザに尻もちをつかせる。——これはめったに見られない光景だった。

3

返事があってから、ドアの向うでガタゴト音がして、ドアが開くまで五分近くもかかった。

「はーい」

「——どなた？」

髪をモジャモジャにした女が、浴衣を着て立っている。

「長谷貴子さん？」

私は警察手帳を見せて言った。

「私、何かした？　ごめんなさい！　酔って何も憶えてないの」

「いや、あんたが何かしたってわけじゃないんだけどね」

と、私は言った。「今、南原哲也はいるかい？」

長谷貴子というのが、その女の名である。もう昼過ぎになって、やっとアパートを捜し当てた。

女は五十近いだろうと思えた。化粧疲れした顔は、ほてるように赤くなっている。

「哲也？——あの子がどうかしたの？」

「捜してる。ここにいるって聞いたんだけどね」

長谷貴子は笑って、

「こんな狭い所よ。どうぞ捜してみて」

と、私を中へ入れた。

確かに、男がいたという形跡はない。ただ気になったのは、出てくるまでの五分間である。

「——哲也は、気の弱い子よ。そこが可愛いんだけどね」

「あいつが人を殺そうとしてる」

「まさか」

と笑う。

「本当だ。水口って大臣を狙ってる」

長谷貴子は半信半疑という顔で、

「あの子がどうして大臣を——」

と言いかけた。

そのとき、玄関のドアが開いて、

「はっきり言って下さい！」

と、矢吹良子が立っていたのである。

「君――」

「この人から聞きたいんです。哲也さんとどういう関係なんですか！」

燃えるような目で長谷貴子を見つめている。

「――この子、何？」

と、貴子は目をパチクリさせていた。

「私、哲也さんのフィアンセです」

と、良子が正面切って言った。

「あらま」

貴子はポカンとして、「何も言ってなかったわね、あの子」

「でも本当です」

私は取りなすように、

「この子は今妊娠してる。南原が危いことをやろうとしてるのなら、何とか止めたいんだ」

と言った。

貴子はしばらく良子を眺めていたが、

「あなたが……。そうなの」

と、ゆっくり肯いた。

その目はひどく穏やかで柔らかいものになった。

「心配しないで」

と、貴子は微笑んで言った。「哲也は私の息子なの。——ちょっと上ってちょうだいな」


「こんな可愛い人がいるなんてね」

と、貴子は安物のお茶を飲みながら言った。

安物でも、私と良子へいそいそとお茶を出す貴子は嬉しそうだった。

「——哲也には父親の姓を名のらせているの」

と、貴子は言った。「私の名でいるよりは、将来何かのときにいいかと思ってね」

「じゃ、ずっと一緒にいたんですか？」

「ずっとってわけじゃないわ。南原と私が別れて、しばらく哲也は父親の所にいたんだけど、その内、父親に他の女ができてね、邪魔にされて頭に来た哲也は家を出たの」

「それで一人暮しを……」

「私の所へ、たまに来ては、こづかいをせびって行くけど、でも私にはやさしいわ」

「そうですか……」

良子はホッとした様子。

「でも、あの子がそんな大変なことをしようとしてるなんて……。どうしちゃったっていうのかしら」

貴子は眉をくもらせた。

「何とか捜し出して、止めてやりたいんだ。もし、連絡があったら――」

「もちろん、やめさせますよ！　叱りつけてやるわ。こんな可愛いお嫁さんがいるっていうのに」

良子は、そう言われて涙ぐんでいる。――結構、この二人は気が合うかもしれない、と私は思った。

そのとき、呼出しのポケットベルが私の胸ポケットでブルブルと震えたのだった。

ホテルの廊下を行くと、ドアの前にがっしりした体つきの男が立っている。

「宇野です」

と、身分証を見せると、

「どうぞ、中でお待ちです」

と、ドアをノックする。

ドアがすぐに開いて、私は中へ入った。

「ああ、君が宇野君か」

ソファに腰をおろしているのは、テレビでよく見る顔――水口千吉建設大臣だった。

「昨日はありがとう」

と、大臣は言った。「SPから話を聞いてね。いや、あの場では礼が言えなかった」

「お気づかいはご無用です。それが仕事ですから」

「本当はSPの連中が、ちゃんと犯人を見付けなくてはな。人数ばっかりいても役に立たん奴らだ」

「私はたまたま離れていたので目に入ったのです」

私はそう言って、「お話はそれだけでしょうか」

「まあ、かけてくれ」

水口は何か言いたいことがあるらしい。

私は仕方なくソファに腰をおろした。――あまり一緒にいて面白い相手ではない。

「実は君に相談がある。私は、この秋の選挙に出るつもりだが、その前に少しまずいことがあるんだ」

「はあ?」

「秘書が、かなりのワイロを受け取って、姿を消してしまった。むろん、私は何も知らんことだが、私の秘書だ。マスコミは私の指示だと書くだろう」

そう思う方が自然だ。議員秘書というのは、哀れなほど「先生」に忠誠を誓っているものなのである。

「それで、選挙ではマイナス材料が多くなりそうなんだ。一つ、人気を取り戻すチャンスがほしい」

「どういうことか……」

「まあ待て。――昨日は本当に狙われて危かった。しかし、テレビでも大きく取り上げられたし、ああなると、私も『暴力の被害者』になる。そこでだ、もう一度、私が誰かに狙われて、君がそれを助けてくれる、というのはどうかね」

私は耳を疑った。

「何とおっしゃいました？――偶然、私がまた居合せるんですか？」

「昨日の件では君のことは全く表に出ていない」

と、水口は言った。「だから今度は君が華やかに活躍して犯人を逮捕する。どうかね？　むろん君の昇進もあるし、もし政治家として立つ気があれば、私は全面的に協力するよ」

私は唖然として言葉がなかった。

「しかし……そううまく襲ってくれる犯人がいるんですか？」

「南原とかいう若いのが、私を狙っとるそうじゃないか」

「南原のことを、どこで？」

「それは内緒だ」

と、ニヤニヤして、「どうかね、君にも損はないよ」

「もし防げなくて、本当にやられたらどうなさるんです？」

「うん？ ——そうか、考えなかったな」

と、水口は眉を寄せて考えていたが、「うん？ その南原というのも買収しとけばいい。それなら安全だろう」

私は、辛うじて水口をぶん殴らずにその部屋を出たのだった……。

「そうカッカしないのよ」

と、夕子が笑って言った。

「あれが大臣だぞ！ これが怒らずにいられるか」

夕子と二人でとる夕食も、ほとんど味が分らなかった。

「——でも、変ね」

と、夕子は言った。「いくら政治家は人気、といっても、日本ならもっと組織票とかに頼るでしょう。狙われて、本当に万一、殺されちゃったらどうするのかしら」

「止める気もしないね」

と、私は肩をすくめた。

「それで——南原哲也の行方は分ったの？」

「いや、だめなんだ」

と、私は首を振った。「長谷貴子が南原の母親だってことは本当だ。しかし、あのアパートにはいない」

「水口大臣に南原の名前を教えたのは誰なのかしら？」

「そりゃきっと——仲田だな。他に考えられない。仲田がどこかのルートで、大臣に近い誰かへ知らせたんだろう」

「呆れた人ね。もしかしたら、その大臣の妙なアイデアも、仲田の発案かもしれないわよ」

「あり得るな」

と、私は言った。「やれやれ！　——怒ってると食が進む」

「消化には悪そうよ」

と、夕子が笑った。「あら、原田さんだわ」

振り向くと、原田刑事がレストランのテーブルの間をやってくる。幅が広いので、客の椅子をいくつもはね飛ばしそうだ。

「宇野さん！」

「どうした？」

「今、テレビのニュースで……」

と言いかけて、「ライスを残しちゃもったいないです」

「いいから言え」

「あの大臣が撃たれたそうです」

夕子と私は顔を見合せた。

「水口が？」

「ええ。私邸を出たところを」

「犯人は？」

と、夕子がナプキンをテーブルに置く。

「逃げたそうです。大臣のけがは、命にかかわるほどじゃないようですけど」

まさか……。他の誰かにやらせたわけじゃあるまい。

「行きましょう」

と、夕子が言った。

「現場へかい？」

「違うわよ！　矢吹良子さんの所」

なぜ長谷貴子でなく、矢吹良子なのか。そこには名探偵ならではの直感が働いているのだろう。

4

「ありがとうございました」

矢吹良子は、客を送り出して息をついた。

店の中は、一旦空っぽになった。

「——すみません」

と、良子は喫茶店のマスターに言った。「少し休んでていいですか。ちょっと風邪気味で……」

「お客が来たら、すぐ出て来いよ」

マスターは、自分は年中奥でテレビなど見ているくせに、良子が休むのはいやな顔をする。

しかし今、この不景気な中では良子の働く場所は少ない。

奥の小部屋——といってもロッカールームだが——へ入って、折りたたみの椅子に腰をおろす。

妊娠のせいだろうか、ときどきめまいがして、ふらつく。——今のところ、手にした盆を落としたりはしていないが、もし落としてグラスやカップを割ったら、と思うとゾッとする。

クビになるのなんか簡単だ。アルバイトなんて、弱い立場である。

体が何となく熱っぽい。――良子は目を閉じて、深呼吸した。

今やめるわけにいかないのだ。少しでも貯金しておかないと、誰も助けてくれる人はいない。

良子は瞼の上から目を押えて、じっとしていた。

不意に――肩に誰かの手が触れて、

「キャッ!」

と、良子は飛び上りそうになった。

「でかい声出すなよ」

と、マスターが渋い顔で言った。

「お客ですか」

と腰を浮かすと、

「違う。――なあ、風邪とか言って、本当はそうじゃないんだろ?」

「え?」

「できてるんだ。そうだろ?」

良子は青ざめた。

「あの――オーナーに言わないで下さい」

「しかしね、つわりにでもなったら、店としても困るしね。ちゃんと働いてくれる人じゃないと」

「私、ちゃんと働きます」

と、良子は必死で言った。

「うん……。そうだな。まあ、黙っててやってもいい。ただし……」

マスターの手が良子の胸に触れる。

「何してるんですか！」

「いいじゃないか。触るだけだ。――な、黙っててやるからさ」

立ち上った良子は、ロッカーに押しつけられて、スカートをめくり上げられた。

「やめて……」

「おとなしくしてろよ、さあ！」

マスターが息を荒くして、良子のエプロンを外す。

「――何だ？」

頭にゴツンと硬い物が当った。マスターは振り向いて、そこに銃口を見て目を丸くした。

「哲也！」

「ぶっ殺してやる」

と、哲也は言った。

「やめてくれ！　――冗談だ！　ふざけてただけだよ」

真青になったマスターはペタッと尻もちをついてしまった。

「良子。本当か」

「赤ちゃんのこと？　ええ、本当よ」

と、良子はお腹に手を当てる。

「そうか。――すまないな。お前一人で育ててくれないか」

「哲也……。何かあったの？」

「俺は……やったんだ」

と、哲也は青白い顔で言った。「あの大臣をやった」

「まさか！」

良子が息を呑む。

「もう会えない。――顔が見たくて来たんだ。じゃ、元気でいろよ」

哲也がそれだけ言って、カーテンの向うに姿を消す。

「哲也……」

良子がよろけて、ロッカーの扉にもたれかかった。

　マスターはやっと立ち上って、

「あの野郎！　人をなめやがって！」

と、急に威勢良くなった。「一一〇番してやる！」

　パッとカーテンを開けると、哲也が立っていた。マスターはまた青くなって尻もちをつくと、

「今のは冗談だ！」

と、両手を合せ、「助けてくれ！」

　哲也がフラッと入ってくると、

「良子――」

と言いかけて、床へ崩れるように倒れた。

　助け起こした良子の手にべっとりと血がついた……。

「哲也！――哲也！」

「おい！　どうした？」

　そこへ、ちょうど私と夕子が入って行ったのである。

「この人が……血が……」

　私と夕子は顔を見合せた。

「おい、救急車だ」

私は、座り込んでいるマスターへ言った。「早くしろ！」

怒鳴られて、マスターは飛んで行った。

「初めからけがしてたんじゃない？」

と、夕子は言った。「店の方にも血が落ちてるわ」

「それなのに私を助けようとして……。哲也！」

良子が涙ぐんでいる。

「――大丈夫。急所はそれてる。――撃たれた傷だな」

私は、ハンカチで出血している傷口を押えた。良子が、

「私が押えてます」

と、しっかりした表情で哲也の体を抱くようにして、「死なせてたまるもんですか！」

「その意気よ」

夕子が良子の肩を軽くつかんで、「――そこに銃が」

と指さす。

拳銃が落ちていた。私は夕子からハンカチを借りて、それを拾い上げた。

「これが水口を狙った拳銃かな。鑑識へ回そう」

「あの――」

と、マスターが汗を拭きながら、「今すぐ救急車が来ます」

「あんたも、暴行罪で引張ってもいいんだけどね」

「勘弁して下さい！」

と、手を合せる。

「私は仏様じゃないのよ」

と、夕子は苦笑いして、「でも、良子さんをこれからは大事にすることね」

「絶対に、あんな真似はしません！」

マスターは力をこめて言うと、「――それ、あの男の銃ですか？」

「そうだ。どうかしたか？」

「いえ……」

マスターは首をかしげていた。

夕子が店の表に出て少し待っていると、救急車のサイレンが聞こえて来た……。


「――宇野さん、これ、読みました？」

原田が夕刊を私の前に置く。

「何の記事だ？」

すぐ、見憶えのある顔が目に入る。

水口千吉の写真だ。――〈建設大臣の職務をあくまで果す〉という談話が載っている。

しかし、何といっても若くないし、命は取り止めたとはいえ、銃で撃たれているのだ。「復帰には相当時間がかかる」見込みで、「周囲にも辞任すべきという声が多い」と記事は結んでいた。

「やれやれ……。あんな妙なことを考えるからだ」

と、私は首を振った。

しかし、一方で警備に当っていたSPが、きっと責任を取らされているだろうと思うと、いい気持はしない。

捜査一課の中には、珍しく少しのんびりした空気が漂っている。大きな事件が一つ解決した。しかも、犯人を逮捕するのに、一般の人にもけが人など出なかったので、気が楽なのである。

電話が鳴って、出ると、

「あ、珍しくいたのね」

夕子である。「水口が大臣やめそうって、見た?」

「うん、今見たよ」

「政治家にとっちゃ、大病や大けがは、死んだも同然なのね。人がどんどん離れてっちゃう」

「そうだな。――南原哲也は、重体だが助かるらしいよ」

「うん、良子さんから聞いたわ。これからあの喫茶店へ来ない？」

「何かあったのか？」

「あなたに読んでほしい手紙があるの」

「君のラブレターか」

「私、そんな回りくどいことしないもん」

と、夕子は澄ました口調で、「じゃ、待ってるわよ」

行くとも言わない内に切ってしまう。

私はネクタイをしめ直して立ち上った。


それは妙な手紙だった。

「——今日、届いたんです」

と、良子が言った。「哲也が出したんでしょうけど、住所が間違ってて、少し日がかかったらしいんです」

私は、喫茶店の座席に腰をおろして、くしゃくしゃになったその手紙を広げた。

よく届いたものだ。

〈良子へ。

色々苦労かけて悪かったな。

おれはハデなことを一つやって、パッと死ぬつもりだ。
おまえははやくおれのことなんかわすれて、しあわせになれよ
てつや〉

——これだけ？

「でも、何だか愛想のない手紙ね」

と、夕子が言った。「せめて、愛してるのひと言ぐらい……」

「いいんです」

と、良子がまた涙ぐんでいる。「あの人が手紙書くなんて！　それだけでも凄いことなんです」

「住所が間違ってて、おまけに切手が貼ってない？」

「あの人、そういう世間のことにうとい人ですから」

哲也をかばう良子の心がいじらしい。

喫茶店に客が入って来て、良子はオーダーを取りに行った。

私と夕子は、その南原哲也の手紙をもう一度見直した。

「——何だか変よね」

と、夕子が言った。「初めの方は漢字も使って書いてるのに、後の方はひらがなばっかり」

「なるほど、言われてみればその通りだな」

と、私も見直して、「自分の名までひらがなだ」

「いくら何でも、自分の名前くらい書けるわよね」

と、夕子はその手紙を見直していたが、「――このインクの色も、妙じゃない？　赤茶けた色で、インクじゃないみたい」

「うん。サインペンというわけでもなさそうだし」

私と夕子は顔を見合せ、

「――まさか」

と、夕子が言った。「血？」

良子は、客のオーダーを聞いて、カウンターへ戻ると、ちょうど夕子の言葉が耳に入ったのか、

「血のホット、一杯」

と言ってしまった。

マスターが目を丸くして、

「ドラキュラでも来たのか？」

と言った。

「ごめんなさい！　ドラキュラ、一杯――じゃなかった！　ココアのホット！」

良子は胸に手を当てて、「夕子さん、今、『血』って言いませんでした?」

「そう聞こえた? ちょっと考えごとしてて……」

夕子がごまかす。血でこの手紙を書いた、なんて聞いたら、良子がまたショックを受けるだろう。

もちろん本当に血で書かれたものなのかどうか、調べてみなくては分らない。

「この手紙を預かってもいいかい?」

と、私は言った。

「ええ。でも……返して下さいね」

良子は少々心配顔だった。

私たちが引き上げようとしていると、

「はい、ココア」

マスターが良子にココアのカップを渡し、「刑事さん。どうも気になることがあるんですが……」

5

夜になって、面会の人も帰ると、病院の中は静かになった。

長谷貴子は、息子のベッドのそばに付き添っている。——良子には無理をさせられないというので、バーを辞め、こうして看病に当ることにしたのである。

「——あ、どうも」

病室のドアをそっと開けて覗いた私を見て、貴子は立ち上ってやってくる。

「廊下での立ち話も邪魔だろう」

私は、貴子を促して、夕子の待っている休憩所へと足を運んだ。

「——哲也さんはどうですか？」

と、夕子が訊く。

「ええ、一応少しずつですが、回復してはいるらしいんです」

「そりゃ良かった」

私は肯いた。「警官も見張りに付いてるし、ここなら安全だよ」

「何か哲也の身に危険でも？」

と、貴子の表情が曇る。

「そういうわけじゃないが……。水口大臣を狙った一件に、もし何か裏があるとしたら、彼の口をふさごうとしてもおかしくないからね」

「そんなこと！　せっかく助かったのに……」

「まあ、そう心配しなくても大丈夫」

と、私はなだめた。

「哲也さんはまだ意識が戻らないんですか？」

と、夕子が訊く。

「ええ、完全には。――でも、ときどき、うわごとのように言葉を切れ切れに言っているんです。意識が戻って来てるって証拠なんですよ」

貴子の目が輝く。すっかり「母親」に戻っている。

「どんなことを口にしてます？」

「そうですね、まあ、ときどき『母さん』とか『お袋』とか……」

と、目をそらす。

「良子さんの名前も？」

「ええ……。そういえば、一、二度呼んでたかしらね」

嫁と張り合っているところが微笑ましいようなものだ。

「他には何か？」

と、夕子も笑いをかみ殺して言った。

「そう……。何だか時間を気にしてましたね」

「時間？　何の時間です？」

「よく分らないんですけど、『八時四十五分だ』って。『八時四十五分だ。遅れちゃいけないんだ』って、まるで目が覚めてるようにはっきり言って、びっくりしました」

夕子は眉を寄せて考え込んだ。

病院を出て、車の方へ歩きながら、夕子はひたすら沈黙して考えていた。

「――八時四十五分か。中途半端な時間だな、いやに」

私は車のドアを開けて、「どうする？　何か食べて行くか」

夕子は助手席のドアを開けて、

「――ねえ」

「うん？」

「原田さんも呼んで」

「わざわざ？」

「違うの。食事の前に、頼みたいことがあるのよ」

夕子の目は輝いていた。

発端と同じバーというのも、何かの因縁か。

私と夕子が入って行くと、仲田は几帳面な感じにスーツを着込んだ男と話し込んでいた。

「いらっしゃいませ」

バーテンの声にチラッと振り向いた仲田は、一瞬舌打ちしそうにしたが、すぐ愛想良く、

「宇野警部さん！　どうも、偶然ですな」

と、声を上げた。

仲田と話していた男は、ちょっと私たちの方を見ると、

「――では、詳しいことはまた改めて」

と、小声で仲田に言って、バーを出て行った。

私は夕子と並んでカウンターに向うと、

「邪魔したかな、大切な話を」

「いえ、大した用件じゃないんです」

と、仲田はグラスを空けた。

「そうか。しかし、今の客のグラスは一杯に入ったままだ。もったいない」

「全くね。代りに飲みますか」

「いらん。――毒でも入ってると困るからな」

「宇野さん、人聞きが悪いね」

「人聞き悪いようなことは、しないことだ」

と、私は言った。「今のはどこの議員秘書だ？」

「とぼけるなよ。『議員秘書』って名詞がスーツ着て歩いてるみたいだったぞ」

と、私は水割りを注文して、「どこの秘書か、調べればどうせ分る」

仲田は渋い顔で言った。

「分りましたよ。――確かに、今のは国会議員の竹谷先生の秘書です。しかし、ビジネスの話ですからね。勘違いしないで下さいよ」

「ほう、竹谷か。水口の後、建設大臣になるって噂されてるな」

「そんな話もあるようですね」

と、仲田はとぼけて、「ところで、何かご用ですか」

夕子が、ポツリと言った。

「八時四十五分」

仲田は眉をひそめて、

「何ですって？」

「八時四十五分って言ったの」

夕子は仲田を見て、「あの晩、南原哲也に言っといたんでしょ？　『八時四十五分にここへ来い』って」

「――何の話です」

「何の話ですか？」

「南原哲也がうわごとで、『八時四十五分に遅れちゃいけない』って言ってるそうよ。そんなに気にしているのは、ただ一つの夢――あなたの子分になりたいってことと関係がある。そして思い出したの。あの夜、彼がここへ八時四十五分にやって来たとき、テレビではちょうど、水口千吉のインタビュー番組をやっていた」

「中途半端な時間を指定したもんだな」

と、私は言った。「テレビ欄を見て、十五分しかない番組だってことを確かめたぞ。どうしても、お前が南原に『水口をやっつけろ』と言っているのを、他の客に見てもらわなきゃいけなかった」

「宇野さん……」

「南原は本気で思い詰めた。ホテルでやったのは計算外だったろうが、自宅を出る所ではちゃんとお前も承知していた」

「とんでもない！　奴が勝手に――」

「まあ、そうかと思った。俺もな。しかし、水口に当った弾丸は、南原が撃ったんじゃない」

仲田の顔がはっきりとこわばった。

「大体、あんな不慣れな人が大臣を狙撃しても、当る方がふしぎだわ」

「しかし、奴が拳銃を――」

「ああ、矢吹良子の働く喫茶店で、落ちていたのは確かに大臣を撃ったものだった。ところが——」

と、私はウイスキーを一口呷《あお》って、「その前に、南原は恋人へ手を出しかけた店のマスターに銃を突きつけたんだ。そのマスターが、何と銃のマニアでね。腰を抜かすほど怖かったものの、自分が突きつけられたのは二二口径だった、と見分けてるんだ。大臣を撃ったのは三八口径。——南原に違う口径の銃を持たせたのは、間違いだったな」

仲田の顔からゆっくりと血の気がひく。

「——お前は、水口にけがをさせりゃ、政治家としては終りだと知っていた。殺さなくていいんだから、南原がやったと見せかけて、もっと腕のいい子分に他の場所から撃たせた。そして、南原の銃とすりかえておく。しかし、それに意外に手間どって、尻尾を出したのさ」

私はゆっくりと首を振って、「竹谷の依頼か？　じっくり話を聞こうじゃないか」

仲田はカウンターから離れると、手にした拳銃をこっちへ向けた。

「——馬鹿な奴だ。白状したのも同じだぞ」

「あんたは、いつも公平だな」

と、仲田は言った。「余計な真似しやがって！」

「やめとけ」

「逃げてやるさ。俺は大物なんだ。政治家の弱味も握ってる。逃げおおせてやる」

「——何を握ってるって？」

後ろにいる原田刑事の声にギョッとして振り向いた仲田は——次の瞬間には原田の一撃でカウンターを乗り越え、内側へ転がり落ちた。

「グラスが割れましたか」

と、原田が言った。

「いいさ」

私は目を丸くしているバーテンへ、「仲田へ請求してくれよ」

と、念を押した。


「——本当に馬鹿なんだから！」

病室のドアを開けたとたん、良子の怒った声が飛んで来た。

「穏やかでないね」

「あ、宇野さん、夕子さん」

良子がベッドの傍の椅子から立ち上って、「すみません、びっくりさせて」

「病人を大事にしろよ」

と、当の病人——いやけが人が文句を言っている。

「威張れた柄か」

と、私は南原を見下ろして、「未遂とはいっても、水口大臣を撃とうとしたんだ。ちゃんと裁判を受けろよ」

「分ってますよ」

と、口を尖らす。

「何を怒ってたの？」

と、夕子が訊いた。

「あの手紙です！」

と、良子は腕組みして、「どうやって書いたと思います？　自分の血で書いたんですよ！　信じられない！」

「お前にはロマンってものが分らねえのか」

と、南原は渋い顔で言った。「昔だって、いざってときは血判ってのを押したんだぞ」

「でも、痛かったんでしょ。途中から、みんなひらがなになってたわよ」

と、夕子が笑うと、南原は真赤になってしまった。

「――それに、この銃のけが。そのときに自分で撃っちゃったんですって」

「自分で？」

夕子は目を丸くして、「よく撃てたわね！」

「そうじゃないんです。この人、血で手紙を書くにも、ナイフで指先でも切りゃいいのに、怖くて切れなかったんです。拳銃ならいっそ簡単だと思って、腕をちょっとかすめるつもりが、つい目をそらしちゃって、そしたら間違って脇腹に当っちゃったんですよ！　心配して損した！」

良子がむくれているのを見上げて、

「損した、はねえだろ」

と、南原が情ない顔で言った。

「——ともかく、入院したついでに体中検査してもらったんです」

と、良子は言った。「自分じゃ、不治の病だと思ってたらしいんですけど、ただの胃炎だと分ったんで、私、責任を持って更生させます！」

良子は別人のように逞《たくま》しくなっていた。

そこへ、長谷貴子がやって来た。

「——哲也。お弁当持って来たわよ！　病院の食事じゃ、元気が出ないわよね」

と、風呂敷包みを置く。

「お義母様《かあ》」

と、良子は言った。「哲也さんは、コレステロールが高いんです。病院の食事以外のものは食べさせないで下さい」

「何ですって?　あのね、息子のことは私が一番よく知ってるのよ」

と、貴子が言い返す。

「哲也さんの妻は私です!」

嫁と姑《しゅうとめ》がにらみ合っているのを見て、私と夕子は病院を出て行こうとした。

するとベッドから、南原が叫んだ。

「宇野さん!　見捨てないで下さい!」

——傷が治るのも遠くないに違いなかった。

第四話　裸で始まる物語

1

「こちらが――」

と、案内役の教師が言った。「昨年の我が校生徒の、読書感想文、作文コンクール等における入賞者一覧でございます」

「ふむ……」

山内浩介はもっともらしく肯《うなず》いて見せた。

「これは去年も展示してあったわね」

妻の久里子が、書道のコンクール入選作を見て言った。「見た憶えがあるわ」

「は、それはその……」

と、案内役の教師は焦って、「昨年――と申しましても、昨年の二月でございまして。つまり、昨年秋のこの文化祭では、『昨年度の入選』ということで展示いたしまして、今年は『昨年の入選』ということで……」

「まあいいじゃないか」

と、山内浩介校長は妻の久里子の方を振り向いた。「いいものは二回飾っても」

「悪いなんて言ってないわ」

と、久里子は言った。「ただ、昨年もあったわね、と言っただけよ」

「恐れ入ります……」

教師が汗をかいている。

「時間がなくなる。次の会場へ行こう」

と、山内浩介が促す。

「はい！　――次は写真部の展示でございます」

廊下へ出ると、生徒たちや父母が大勢歩いている。

よく晴れて爽やかな休日、ということも幸いしたのだろう。K学園高校の文化祭はここ数年ないほどのにぎわいを見せていた。

校長の山内は、アメリカ出張で、この文化祭にはほとんど係っていない。むろん、校長の役割など、開会の挨拶くらいのもので、それは今年、副校長に任せた。

そして午後のわずかな空き時間に、久里子を伴って、文化祭の展示を眺めに来たのである。どこか適当な所で終らせて、夕方からの会合に間に合せる必要があった。

「――では写真部の展示については、顧問の成沢先生にご案内をお願いします」

と、隣を覗くと、白っぽいブレザーの若い男性が顔を出す。

久里子は、

「ご苦労様」

と会釈した。

「写真部顧問の成沢と申します」

三十歳くらいの、自由業風のスラリとした男性である。

「拝見するよ」

と、校長夫妻が展示室の中へ入っていく。

「ほう、盛況だね」

他の部の展示と比べ、その写真部の展示には倍以上の人数が入っていて、「混雑している」と言ってもいいくらいだった。

「今の若い子たちはモノクロ写真を却って新鮮に感じているんです」

と、成沢は言った。

「僕もカメラは好きでね」

と、山内は言った。「ライカを二台、持ってるんだよ」

すぐ後ろで、久里子が、

「この間はフィルム、入れ忘れてたくせに」

と、小声で言った。

――山内浩介は四十六歳。妻の久里子は三十八歳である。

どっちかというと周囲が久里子の方へ気をつかっているのは、久里子がこのK学園の創立者の孫だから。

山内という姓は久里子のものなのである。

「何だね、あれは?」

と、山内は、一か所特別に人が集まっているのを見て言った。

「この展示の中でも、人気の高い作品で」

と、成沢は言った。「私も、よく撮れている、と思います」

「ほう、楽しみだね」

あまりに生徒が――特に男子生徒が一杯集まっているので、成沢が、

「おい! ちょっとあけろ。校長先生だ」

と、声をかけた。

生徒たちは渋々という様子で、左右へさがった。

「凄えなあ!」

「触りたいよな!」

といった声が上る。

山内と久里子は、その「人気作」の前に立って——。

二人の目が大きく見開かれた。

それはモノクロの作品だった。——〈夜明け〉というタイトルがついている。

夜明けの湖のほとり。足首まで水に浸けて、一人の若い女性が立っている。

後ろ姿で——ヌードだった。

顔は見えない。両手で髪をかき上げるようにして、片方の乳房が少し見えていた。

「これは……」

山内が顔を真赤にして、「これは——何だね！」

「は？」

成沢がふしぎそうに、「ヌードですが」

「分ってる！　こんな——こんな不道徳な写真を展示するとは、どういうつもりだ！」

山内は声を震わせている。

「お言葉ですが、ヌード写真は写真の重要な一分野です」

と、成沢は言った。

「たとえそうでも、高校での展示はふさわしくない！」

山内はカッカしている。「ただちに取り外したまえ！」

久里子の方は、怒るというより、何やらじっと写真を穴のあくほど見つめ、

「これを撮った生徒は？」

と訊いた。

「下にカードが……。堀江という三年生ですが」

「堀江真男……。でも——まあ、この人、きれいな体をしてるわね」

「何を言ってるんだ！　高校生が女のヌードを撮るなんて、けしからん！」

山内は、その写真を自分の手で外すと、「こんなものを見たら、下劣な欲望を抱くことになる！」

と、机の上にパタッと伏せたのだった……。

2

「堀江さんじゃない」

と、永井夕子は声をかけた。

「あ……永井さん！」

新人OLらしい、明るい色の事務服がなかなかよく似合う娘だった。

「もう勤めてるのね」

と、夕子は言った。「なかなかすてきよ」

「そうでしょうか……。あの——」

と言いかけて、その目が私の方へ向く。

「こちら、私の友人の宇野さん」

と、夕子が紹介すると、

「刑事さんですね、確か？」

「ええ。話したことあったっけ？」

「いえ、有名ですもの。夕子さんが、すてきな中年の刑事さんとお付合いしてるって」

私は飲みかけたコーヒーでむせてしまった。

——私は宇野喬一。警視庁捜査一課の、「すてきな」中年警部である。

女子大生の永井夕子とデートの待ち合せをした喫茶店。——しかし、私は男やもめで、不倫の仲でないことはお断りしておく。

夕子がふき出して、

「ね、何か話があるのなら、そんなお世辞言わなくてもいいのよ」

「でも……」

「座ったら？　堀江涼子さんは、高校のときの一年後輩。短大出て、今ＯＬなのよね？」

「はい、そうです」

まさか、その会社で「密室殺人」が起ったってわけじゃないだろうね。

「ね、何を困ってるの？」

「弟のことなんです」

と、堀江涼子は言った。「弟は今、K学園高校の三年生で、大学受験を控えた、とても大切な時期なんですけど……」

「とても優秀な弟さんだったわよね」

「ええ。真面目だし、よく勉強する子です。ところが——今、自宅謹慎の処分になっていて」

まさか、マリファナでも喫ってたのを、なかったことにしてくれって言うんじゃないだろうな。

「何があったの？」

「写真なんです」

「写真？」

「弟の真男は写真部で、文化祭に自分の撮った写真を出品したんですが……。その写真のせいなんです」

堀江涼子は私の方へ身をのり出して、「お願いです！　『表現の自由』を守ってやって下さい！」

いくら私でも、こんなことを頼まれるとは思ってもいなかった。

「ま、落ちついて」

と、私は言った。「詳しいことを話してごらん」

そう言うしかない！

そして堀江涼子は必死の口調で、処分の不当性を訴えたのだった……。


「困ります！」

静かな会場に警備のガードマンの声が響いて、私はおや、と振り返った。

化粧室に行っていた夕子が戻って来て、

「どうしたの？」

と訊く。「凄い美人でも通った？」

「いや、今、何かガードマンともめてたようで……」

と言いかけると、

「外せと言ってるんだ！」

と、男の怒鳴り声がした。「私のことを知らんのか！」

「知りませんよ。ともかく、出品作なんです。勝手に外されちゃ困ります」

「私は、この写真を撮った子の通う高校の校長だ！　分ったら、これを外せ！」

私と夕子は顔を見合せ、声のする方へ急いで歩いて行った。

——あるデパートのスペースを使った写真展の会場。

沢山、仕切りのようにパネルが立っていて、かなりの数の写真が出展されている。その中に、例の堀江真男という子の撮った〈夜明け〉が出ていると聞いて、非番の午後、やって来ていたのである。

迷路のように入り組んだパネルの間を抜けて行くと、急に反対側から出て来た女の子と、ぶつかってしまった。

どっちも急いでいて、よけようがなかったのである。

女の子は尻もちをついてしまった。

「ごめん！　大丈夫か？」

私はあわてて女の子の手を取って立たせた。

「何とも……」

女の子はそれだけ言うと、逃げるように行ってしまった。

例の「校長」の声は、まだ聞こえている。

「外せと言ってるんだ！」

私は、やっと声の主の姿が見える所まで出た。

その写真の方に、先に目が行く。——それは、写真の前で喚《わめ》いている山内校長よりもずっと現実感――というか存在感のあるヌード写真だった。

「きれいな写真！」

夕子が、わざとらしくその写真の前で声を上げてみせる。

「何をおっしゃるんです！」

と、山内が抗議した。「こんな――こんな下品で煽情的な写真を、人前に飾っておいてはいかん。私は教育者として――」

「でも、ここは学校の中ではありませんわ」

と、夕子が言った。

「しかしですね――」

山内が言い返そうとすると、私は割って入った。

「まあ、落ちついて。今うかがっていると、校長先生とか？」

「そうです。いや、お恥ずかしい」

山内は初めて大勢の客が自分を見ていることに気付いて、「何というか、教育者として何とも……」

と、赤くなって汗をハンカチで拭った。

そこへ、

「あなた。――何してるの？」

と、人をかき分けてやって来た女。

「久里子か。いや、この方と立ち話をしていたんだ」

と私の腕を取る。

こっちがびっくりしてしまう。

「お目にかかるのは初めてでしょうか」

山内の夫人久里子には、Ｋ学園創立者の孫という風格が感じられた。

「私は宇野喬一と申します」

と、名のって、「警視庁の捜査一課の者です」

なぜか、山内が目に見えてギョッとした。

「まあ、刑事さん？」

と、久里子は目を見開いて、「写真がご趣味でいらっしゃるんですか」

「私の――姪に引張って来られまして」

と、いつもの言いわけ。

ヌード写真一枚に大騒ぎするのでは、私と夕子の仲をどう思われるか分ったものではない。

「初めまして。永井夕子といいます」

夕子は会釈して、「私、少しカメラをやるんですけど、この写真、おたくの生徒さんの作品なんですか？　いいですね！」

「そうかね……」

「ねえ、本当に」

と、久里子は苦笑いして、「主人ったら、自分の所の生徒が、とんでもないことをしでかしたと思って、カッカしてるんですの」

「これはすてきですよ。ほら、〈奨励賞〉ってカードが。――高校生なんでしょ？　立派ですよ」

夕子は心からほめている様子だった。

夕子が写真に詳しいとは初めて知った。

「しかし……」

と、まだ渋い顔をしている山内に、夕子が訊いた。

「この、写っている後ろ姿の女性は、どなたなんですか？」

すると、山内が目に見えてあわてた。

「知りません！　それは、撮った人間に訊いてみないと分りませんな」

「そうなんですか。もしかして、そちらの生徒さんかと……」

「とんでもない！　我が校の生徒に、そんな子はおりません！」

山内の言い方がまるで時代劇みたいに大げさだったので、周囲から失笑が洩れた。

「――しかし、どうしてこの写真展へ？」

と、私は言った。「これが出品されているとご存知だったんですか？」

「いや……偶然です！　全くの偶然で」

「あなたが写真好きなんて、知らなかったわ」

と、久里子夫人が何となく皮肉っぽく言った。

「俺はライカを持ってるんだぞ」

と、山内が言った。

「私のこと、撮ってくれたことなんかないじゃない」

と言い返され、周囲でドッと笑いが起る。

「おい、帰るぞ」

山内は真赤になって、妻を促した。「では失礼」

二人の姿が見えなくなると、夕子は改めてその写真に見入った。

「――あの堀江涼子が心配してるほどでもないじゃないか」

と、私は言った。「あの様子なら、じき処分も解けるさ」

「ウーン……」

夕子がそのヌード写真にまじまじと見入っている。

「どうしたんだ？」

「このモデルの女性、左のお尻にホクロがあるわ」

「え？」

私も目を近付けて、「——なるほど、そうらしいな。それがどうかしたのか？」

「あの校長もね、それに気が付いたんじゃないかしら」

「というと……」

「いくら堅物でも、あの騒ぎ方は普通じゃないわ。きっとこの裸の女性に心当りがあって、見せたくないのよ」

「なるほど。しかし……何歳くらいだろうな、この女性？」

「若けりゃ高校生。でも、二十五、六でもおかしくないわ。これくらいのスタイルの人、珍しくないもの」

「左のお尻のホクロか」

やれやれ、と私は苦笑した。

「じゃ、行きましょうか」

「どこへ？」

「もちろん、名カメラマンの所へよ」

と、夕子は言った。

そのとき、叫び声が上った。

「——何だろう？」

「行ってみましょ」

私たちは人の間を縫って行った。階段のあたりに人が集まっている。

「——誰かが転がり落ちたんだ」

と、一人が言っていた。

覗いてみると、階段の踊り場にスーツ姿の若い女性が倒れていて、ガードマンが傍でオロオロしていた。

私は進み出て、

「救急車を！　早く！」

と、強い口調で言った。

こういうときは、何かさせた方がいいのである。

「——どう？」

夕子がそばへ来て、落ちていたその女性のバッグを拾った。

「気を失ってる。——心臓はしっかり打ってるけどな。頭でも打ってなきゃいいが」

夕子はそのバッグを開け、

「——身分証があるわ」

と、出して見ると、「あら。この人……」

「何だ？」

「K学園の先生だって」

「あの学校の？」

「そう。今日は、あの写真を見るツアーでも組んだのかもしれないわね」

と、夕子は言った。「長畑ミキさん。二十六歳ですって」

3

玄関へ出て来たのは、何だかいやにやつれた感じの女性で、

「どなた様で……」

「実は、息子さんにお目にかかりたいんですが」

と、私は言った。「私、警視庁の宇野と申します」

「まあ……。真男に何のご用でしょう？」

「ご心配には及びません。写真のことでちょっと」

「写真？」

「文化祭で評判になった写真です」

「ああ……。お待ち下さい」

と、母親は一旦奥へ引っ込むと、すぐにまた出て来て、「あの……」

「いらっしゃるんでしょう?」

「はい、おります」

と言うなり、母親は背中へ回した手に握っていた包丁を、いきなり私に突きつけたのである。

「何です?」

「あの子には手出しさせません! 真男! ——逃げるのよ! お母さんが命をかけて食い止めるからね!」

と、叫び声を上げる。

呆気にとられていると、表にいた夕子が入って来て、

「何ごと?」

「知らないよ!」

奥から、

「母さん」

と、背の高い男の子が出て来た。

「真男! 早く逃げなさい!」

「いいんだよ。大丈夫。この人は僕の味方だから」

と、なだめて、「失礼しました」

「真男君？　私、お姉さんの先輩の永井夕子よ」

「姉から聞いてます。どうぞ」

母親はまだ包丁を握っている。真男は気が付いて、

「大丈夫です。——ほら」

指でその包丁の刃をつつくと、クニャッと曲った。「これ、ゴムでできてるんです」

「はあ……」

私と夕子は顔を見合せたのだった。


「——びっくりさせてすみません」

と、真男が自分の部屋へ私たちを通して、「母はノイローゼで。父とうまくいってないもんで、この二、三年、あんな風に、自分がドラマの主人公になったように思い込んじゃうんです」

「ドラマの主人公ね」

「いつも、二時間ドラマのサスペンス物を見てるんで。やめなよ、って言うんですけど」

真男はそう言って苦笑いした。

「ところでね」

と、夕子が言った。「お姉さんが心配して、私に相談されたのよ」

「すみません、姉は大げさで」

と、真男は言った。「でも、僕もびっくりしてるんです。あんな写真くらいで、どうして校長先生が騒ぐのか」

「謝ったの？」

「いいえ！　そんなのいやです。何も悪いことなんかしてないのに」

と、真男は強く言った。

「その点はあなたが正しい」

と、夕子は言った。

「ありがとう」

「ただ、一つ教えて。あの写真に写ってるのは誰？」

真男がギクリとした。

どうも、この一件は「誰のヌードなのか」が問題らしい。

「それは……言えません」

と、真男は言った。

「どうしても？」

「どうしても、です」

「つまり、何か誤解されるのがいやだってことなのかね」

と、私は訊いた。

「それもありますけど……。だって、いちいちモデルは誰、なんて写真に説明はつけませんよ」

「そうね。でも、校長先生もその点を気にしているかもしれないわよ」

「そうじゃないと思います」

「どうしてそう思う？」

「あの人……頭が固いから。ヌードなんて、それだけで嫌いなんです、きっと」

真男の言い方には、かなり無理があった。

どうやら、何かややこしいことになっているらしい。

「学校の方は、何か言って来てる？」

「いいえ。でも写真部の顧問の成沢先生が、色々やってくれています」

「そう。――何か相談したいことがあれば、いつでも言ってね」

と、夕子は言った。

私たちは、また母親に「刺され」ない内に、早々と帰ることにした。

――堀江家を出ると、夕子は、

「さあ、これから仕事」

と言った。

「仕事？」

「張り込みよ。今に、あの子が誰かと出てくるわ」

「どうして分る？」

「玄関に女の子の靴があったわ」

「そうか？　気付かなかったけど」

「靴箱の下へ押し込んであったもの」

と、夕子は言った。「それに、私たちが話してる間、ずっとあの部屋の洋服ダンスに隠れてたわ」

「だったら、そう言えばいいじゃないか」

「そしたら、どんな嘘をつくかもしれないでしょ？　私、人に嘘をつかせるのって好きじゃないの」

私はため息をついて、

「張り込みったって、今日だけだぜ」

と言った。

しかし、そう長く待つこともなかった。

夜になって、間もなく真男が高校生らしい女の子と出て来た。

あの子は……。

私は思い出した。あの写真展で、私とぶつかって尻もちをついた女の子である。

二人は肩を並べて歩いて行く。私と夕子は後を尾けて行った。

駅まで送って、真男は改札口でその女の子を見送った。

真男が帰っていくと、私と夕子は急いで駅へ駆け込み、女の子と同じ電車に何とか間に合った。

「――あれが写真の子かな？」

少し離れて乗った私は、息を弾ませて言った。

「感じは似てるわね」

と、夕子は言った。「でも……左のお尻にホクロがあるかどうか、ちょっと調べて来たら？」

「よせよ！　痴漢じゃあるまいし」

と、私は目をむいた。

「冗談に決ってるでしょ」

と、夕子は笑った。

見たところ、まだ高校一、二年だろう。なかなかきりっとした顔立ちの子である。

電車で二十分ほど乗って、降りる。その女の子の後を尾けるのは難しくなかった。

——少し寂しい道で、私たちは間を空けて女の子を尾けて行った。

すると、

「やめて！」

と、女の子の叫び声。「誰か来て！」

私は駆け出した。

「おとなしくすりゃ、乱暴しないよ」

男があの女の子の口をふさごうとしてもみ合っている。

「何してる！　警察だ！」

思い切り怒鳴った。男がギョッとして振り向く。その隙に、女の子は男の向うずねをけとばした。

「痛い！」

男は、片足を引きずりながら逃げて行った。

「大丈夫かい？　何か盗られた？」

「いいえ。——良かった！　ありがとう」

と、女の子は青くなっている。

「夜道は気を付けないとね。家は遠いの？」

「あと五、六分」

「じゃ、送ってあげよう」

「でも――」

「大丈夫よ。送り狼にはならないわ」

夕子の声に、女の子が、

「あ！」

と目を丸くした。

「声に憶えがある？　この人は本物の刑事さん」

「私のこと……」

「尾行してたの。どこの誰だか、真男君が教えてくれないから」

「ともかく家へ送るよ」

と、私は言った。「今の痴漢が、また出るといけない」

女の子は黙って歩き出した。

五分ほどで、白い立派な邸宅に着く。

「――ここです」

表札には〈山内〉とあった。

「そうか。君は校長先生の娘さんか」

「伴子《ともこ》です」

と言って、「送って下さって、どうも」

きちんと頭を下げてから、門の中へ姿を消す。

「――校長の娘じゃ、言えないわけだ」

「そうね。でも……」

と、夕子は夜道を駅へ戻りながら、「校長がなぜあんなに怒ったのか、分ってないわ」

「そりゃ、娘のヌードだと分ったからだろう」

「分ると思う？　顔も写ってないのよ。どう見ても、一見してすぐ分るとは思えないわ」

「そうか……」

「もし分ったとしたら……。左のお尻にホクロがあることで分ったんでしょうね」

「そうかもしれない」

「でも――十六歳？　もう何年も娘のお尻なんて見てないでしょ、普通。小さなホクロ一つで、すぐに娘だと分るかしら」

夕子は少し難しい顔になった。

「どうしたんだ？」

「もし一目で分って怒ったんだとしたら、ちょっと問題ね」

なるほど。――父親が娘を「恋人」のように見て、他の男との付合いを邪魔する、という話は珍しくない。

しかし、娘の裸をよく知っているというのは……。

「――写真部の顧問って先生に会ってみましょう」

と、夕子は言った。

忙しいんだけどね……。心の中だけで、私は呟いたのだった。

4

「全く、理解に苦しみます！」

と、成沢というその教師は言った。

「――学校側は何と？」

「校長が一人でカッカしているので、他の先生方も当惑しています」

と、成沢は言った。

写真部の部室である。もう放課後で、ほとんど生徒の姿もなかった。

私と夕子は、雑然とした部室の中を見回した。

まあ、大体クラブの部室というのはこういうものだ。

「それで一つ伺いたいんですが」

と、夕子が言った。「堀江君の〈夜明け〉に写っている女性は誰だかご存知ですか？」

成沢は困惑した様子で、

「それは分りません。ともかくああいう絵柄ですしね」

「堀江君は言わなかったんですね？」

「モデルが誰か、なんて本来どうでもいいことです。我々は週刊誌の芸能人の密会写真を撮っているわけじゃない」

「ええ、分ります。でも、この場合、校長先生がこだわっておられるのも、あの写真を撮るほどの仲なら、何かあったろう、と……。たぶんそういうことだと思うんです」

「分ります」

と、成沢は肯いて、「実は、僕もそこが気になって、堀江に訊きました。しかし彼も何だかむきになって、『言う必要ないでしょ！』と言うんです。確かに、そう言われるとこっちも弱いので……」

部室のドアが開いて、

「成沢先生――」

と、あわてた様子で入って来た女性は、「あ、失礼しました！　お客様と知らなくて」

「いや、いいんです。長畑先生、何か？」

「いえ、後でも……」

と出て行こうとする。

「大丈夫でしたか、階段から落ちた後は」

私が訊くと、長畑ミキはびっくりして、

「どうしてそれを――」

「居合せたんで、救急車を呼べと指示したんですよ」

成沢が私たちを紹介すると、

「あんな所を……。お恥ずかしいですわ」

と、真赤になっている。

「階段から落ちたって、何のことだい？」

成沢が訊く。

「いえ、あの――」

長畑ミキが、写真展でのことを話すと、

「どうして言ってくれないんだ！」

成沢は気を悪くしている様子だった。

「ごめんなさい。でも、一時気を失っただけなの。何でもないのよ」

二人のやりとりは、同僚同士という枠を越えていることが一目で分った。

電話が鳴って、成沢が出ると、

「分りました！」

と力強く言って切り、「――校長の呼出しです！　断固、堀江のために戦って来ます」

と出て行った。

「まるで戦場へ出撃って感じね」

と、夕子が笑って、「いつも成沢先生って、あんな風なんですか？」

「ええ……」

長畑ミキはため息をついた。「真直ぐな人なんです」

「お付合いなさってるんですね」

「一応……婚約しています」

と、赤くなって、「生徒の前でも、全然隠そうとしないので、困ってしまいますわ」

「結構じゃありませんか。――長畑先生」

「はあ」

「あのとき、なぜ階段から落ちたんです？」

「それは……。私ってドジなんです。足を踏み外して……」

「誰かに押されたという目撃者がいるんです」

夕子の言葉にこっちはびっくりである。そんなの初耳だ！

長畑ミキは、しどろもどろになって、

「よく憶えていませんけど……。ええ……」

と首を振って、「誰かとたぶん――ぶつかったんだと思います。ええ、きっとそうです」

「何か人に突き落とされる覚えでも？」

と、私が訊くと、

「ありません！　そんなこと……」

と、むきになって否定する。

やれやれ、どうもこの学校は「分りやすい」人が多すぎるようだ。

「私、もう失礼して――」

と、長畑ミキが立ちかけると、ドアが開いて、今度は堀江真男が入って来た。

「あの、成沢先生は？」

「今校長室よ」

と、長畑ミキは言った。「じき戻ると思うけど」

「そうですか」

「堀江君、呼び出されたの？」

「ええ。でも部室へ来いって。――変ですよね」

と、首をかしげている。

そして、待つほどもなく、成沢が戻って来た。

「先生……」

「お前、来てたのか」

「呼ばれて」

「そうか」

成沢の様子はおかしかった。まるで恋するロミオが、急にハムレットになったかとい
うくらいだ。

ひどく考え込んでしまっている。

「校長先生のお話は何だったの？」

と、長畑ミキが訊くと、

「うん……。堀江の処分は解く」

「良かったじゃないの！」

だが、成沢はちっとも嬉しそうではない。

部室の中はいやに重苦しい空気になってしまった。

「じゃ、我々は失礼しよう」

私は立ち上って、夕子を促したが、出て行く前にドアが開いて、

「奥様……」

長畑ミキが立ち上る。

山内久里子が入って来たのだ。

「いいの。かけて。——宇野さん、あのときはどうも」

と、久里子は言った。

どうなってるんだ？　私はため息をついた。

「どうも、みんなが色々かんぐって、誤解を生じているらしいですね」

と、夕子が言った。

「そのことでね」

と、久里子は言った。「堀江君、はっきり聞かせてちょうだい。——あのヌード写真に写ってるのは、誰なの？」

堀江はためらった。

すると、成沢が立ち上って、

「言う必要はない！」

と、怒鳴るように言った。「写真は出来上った作品がすべてだ！」

「成沢先生」

と、夕子が言った。「そうカッカなさると校長先生のようになりますよ」

成沢は真赤になった。

「堀江君。隠すことはないわ」

と、夕子は振り向いて、「却って、憶測を呼ぶのは良くないわよ」

「はい。でも……」

と、堀江が言いかけた。

そのときパッとドアが開くと、

「あれは私です！」

力強く言ったのは、山内伴子だった。

「伴子――」

「お母さんには叱られるかもしれないけど」

伴子は堀江の方へ歩み寄り、自分から腕を取って、「私、堀江君と付合ってる。好きなの」

「そう……」

「でも、彼は三年生だし、私はまだ高一だってことは分ってる。だから、キスはするけど、それ以上はしてない」

堀江が真赤になっている。

こういうときは、女の方が強いのである。

「あの写真は、私が彼の才能を信じてたからモデルになったの。決して変なことはなかった。それどころじゃなかったわ、寒くて」

と、伴子は笑って、「フィルム換える間は毛布と使い捨てカイロで何とか我慢してたのよ！」

伴子は母親を真直ぐに見て、

「信じてくれる？」

と言った。

久里子はゆっくりと肯いて、

「信じてるわ」

と言った。「堀江君。今度うちへカメラを持って来て」

「はあ……」

「私の写真、撮ってちょうだい」

と久里子が言うと、堀江はホッとした様子で笑顔になった。

「本当にね、結婚して十何年もたつと、夫のカメラは女房なんかもったいなくて撮ってられるかって感じよね」

笑いが起った。

「じゃあ、これにて解散！」

と、久里子が言った。

5

校長室のドアが開いて、机に向っていた山内は顔を上げた。

「お前か」

「あなた……」

久里子は机の前まで来ると、「堀江君の処分は取り消してあげてね」

「もうあいつのことは考えたくない」

と、山内は渋い顔で言った。

「娘の裸を見たから？」

「娘の――」

山内は絶句して、「あれは伴子だったのか？」

「とぼけないで！　そう分ったからこそ、あんなに大騒ぎをしたんでしょう？」

「いや……。伴子の奴、それじゃ堀江と？」

「そんなこと、仕方ないわよ。人間、年ごろになれば異性がほしくなるの。自然なことだわ」

久里子はバッグを開けると――突然ナイフを取り出し、その銀色の刃先を夫へと突きつけた。

山内が仰天して、

「何するんだ！」

と、立ち上る。

「娘の裸の後ろ姿が一目で分るなんて、普通じゃないわ。あなたは昔から伴子の風呂上りの姿をじっと眺めてたり、あの子のバスタオルを使ったり――」

「それは、自分のを濡らしちまったときじゃないか！」

「ともかく、校長ともあろうものが、娘に対してそんな気持を持ってるなんて！　妻への侮辱よ！」

「そんな気持って……。誤解だ！」

「なにが誤解よ！　私のことは放ったらかしといて！」

ナイフを振り回す久里子から、山内はあわてて逃げ回って、

「やめてくれ！　俺は何も――あの子にそんな気持なんかない！」

「とぼけないで！」

と、久里子が追い回し、校長室の中をグルグルと二人で駆け回った。

「俺は――普通の浮気はしたが、娘になんて、とんでもない！」

と、山内が叫ぶと、

「――あ、そう」

ピタリと止って、久里子は息を弾ませ、「普通の浮気はしたのね」

「あ……。いや……」

ドアを開けて、私は夕子と一緒に中へ入った。

「もういいでしょう」

「ええ」

久里子は汗を拭いて、「いいダイエットだわ」

と言うと、ナイフを夕子へ返した。

「心配ないんですよ」

夕子は汗だくの山内校長の方へナイフを見せて、刃をはじいて見せた。刃がフニャッと曲る。

「ゴムでできてるんです」

「——びっくりさせるな！」

山内は、椅子にドサッと腰をおろした。

「ちょっとした偶然が、事態をややこしくしてしまったんですね」

と、夕子は言った。「——先生、どうぞ」

長畑ミキがおずおずと入って来た。

「長畑先生、左のお尻にホクロがありますね？」

と、夕子が訊く。

「あ……はい」

と、肯く。

「見せていただく必要はありませんよ」

と、夕子は言った。「たまたま、伴子さんの左のお尻にも同じところにホクロがあったんです。それが勘違いのもと」

夕子は微笑んだ。

「校長先生は、あの写真を見たとたん、てっきり長畑先生だと思った」

「あなた！　――長畑先生と？」

「申しわけありません！」

と、長畑ミキが頭を下げる。

「だから、人に見せたくないと思って怒ったんです。そして、ああいうものを撮らせるからには、堀江君とも深い仲に違いない、と……」

夕子の言葉に、山内は情ない顔で、

「そう思うと、ますますそっくりに見えて……。てっきり君だと思った」

「男らしくないわ」

と、久里子がにらむ。「たとえそうでも、そんな個人的な理由で生徒を処分するなんて！」

「大体、ヌードを撮るからって、いちいち恋人になってたら、カメラマンなんてやってられませんよ」

と、夕子が言った。

「私……突然、校長先生から詰問されて……」

と、長畑ミキが言った。「びっくりして否定したんですけど信じていただけず……。あそこの写真展に出ていると聞いて見に行ったんです。文化祭のは、すぐ外されてしまって、見ていなかったので。ところが——校長先生と奥様もみえていて、顔を合せそうになったので、私、あわてて逃げようとして、階段を転がり落ちてしまったんです」

山内は渋い顔で、

「そう長かったわけじゃない。もう終ってるんだ。——長畑先生は成沢君と結婚することになってるんだから」

「それにしたって」

と、久里子は首を振って、「自分の学校の先生に手を出すなんて、恥ずかしいと思わないの？　ちゃんと謝ってね」

「奥様——」

長畑ミキは進み出て、「申しわけありません。大人同士のことで、校長先生だけが悪いわけじゃありません」

久里子は微笑んで、

「いい恋人に恵まれたわね」

と言って夫の頭をポンと一つ叩いた。

「いてて……」

山内は情ない顔で、それでもホッとした様子だった。

学校を出るころは、もう夜になっていた。

「——血なまぐさい事件にならなくて良かった」

と、私は言った。

「たかが写真とも言ってられないわね」

と、夕子は笑って、「私のヌード写真を見たら、やっぱり妬《や》く？」

「そりゃそうさ」

「ありがとう」

夕子は私の腕を取って、「何とも思ってくれないのも寂しいわ」

「さて……。一課へ顔を出さないと。——しかし、晩飯ぐらいなら付合えるよ」

「お腹ペコペコよ」

と、夕子は言って、「あら、あなたたち……」

堀江と山内伴子が立っていた。

「待ってたんです。お礼を言おうと思って」

と、伴子は言った。

「わざわざ？」

「彼とのこと、どうやって切り出そうかと思って。――あれで、強引に認めさせちゃった」

「お父さんとお母さんも、それどころじゃなさそうよ」

と、夕子は言った。

「今度は、本当にヌードを撮ってもらおう」

「よせよ。こっちが緊張しちゃう」

と、堀江が言った。

私と夕子は顔を見合せた。

「――本当に、って、じゃ、あの写真のモデル、あなたじゃないの？」

と、夕子が言うと、

「私じゃないんです」

「でも……左のお尻にホクロがあるんじゃ？」

「ええ、偶然そう分って、びっくりしたんですけど——」

するを、そこへ車が寄せて来て停ると、

「真男、迎えに来たわよ」

と、顔を出したのは、姉の涼子だった。

「涼子さん！」

「夕子さん。色々すみませんでした」

と、車から降りて来て、「弟から聞きました。処分が取り消しになるって」

「ええ」

夕子は肯いて、「——ああ！　それじゃ、あの写真の女性って、涼子さんなのね！」

「私が撮ってくれって頼んだんです」

と、涼子が言った。「気楽に頼んだのに、あんなことになって……」

「それで、あんなに必死で相談して来たのか！」

「私、うまく便乗して、交際認めさせちゃった」

と、伴子はちゃっかりと言った。

「絶対に言うな、って言われてたし」

と、堀江が苦笑いして、「こづかいもらってるんで、仕方ないんですけど」

「待って。それじゃ……」

夕子は目を見開いて、「あなたも左のお尻にホクロがあるの？」

涼子はびっくりして、

「あんな写真で分ったんですか？」

「――三人もか」

と、私は笑って言った。「最近の流行なのかもしれないな」

涼子が若い二人を車に乗せて行ってしまうと、

「ねえ」

と、夕子が言った。

「何だい？」

「私のお尻にホクロがあるかどうか、憶えてる？」

「どうだったかな……」

と、首をひねると、夕子は笑って、

「今度、じっくり研究してね」

と、私の腕を取ったのだった。

単行本　平成十一年二月　文藝春秋刊

文春文庫

幽《ゆう》霊《れい》暗《あん》殺《さつ》者《しや》

定価はカバーに
表示してあります

2001年3月10日　第1刷

著　者　赤《あか》川《がわ》次《じ》郎《ろう》

発行者　白川浩司

発行所　株式会社 文藝春秋

東京都千代田区紀尾井町3-23　〒102-8008
TEL 03・3265・1211
文藝春秋ホームページ　http://www.bunshun.co.jp
文春ウェブ文庫　http://www.bunshunplaza.com

落丁、乱丁本は、お手数ですが小社営業部宛お送り下さい。送料小社負担でお取替致します。

印刷・凸版印刷　製本・加藤製本

Printed in Japan
ISBN4-16-726222-3

（ ）内は解説者

赤川次郎
マリオネットの罠
私はガラスの人形と呼ばれていた——森の館に幽閉された美少女、都会の空白に起こる連続殺人の現場に残されたナイフ。輻輳する人間の欲望を鮮かに描いた長篇推理。（権田萬治）
あ-1-1

赤川次郎
幽霊列車
温泉町をつなぐ列車から八人の乗客が消えた。前代未聞の難事件に取り組んだ捜査一課のオニ警部は、聞き込みの先々で推理マニアの女子大生と鉢合わせ。二人はいつか名コンビになる。

あ-1-2

赤川次郎
幽霊結婚
バーの裏口で中年男が殺された。だが彼には記憶喪失の過去があり、残された年下の婚約者の元には死者からの電話がかかる……。表題作ほか三篇を収録の、幽霊シリーズ第十二弾。

あ-1-21

桐野夏生
ファイアボール・ブルース
女にも荒ぶる魂がある。闘いたい本能がある。「ファイアボール」と呼ばれる女子プロレスラー・火渡抄子と付き人の近田がプロレス界に渦巻く陰謀に立ち向かう長篇ミステリー。（鷺沢萠）
き-19-1

桐野夏生
水の眠り　灰の夢
昭和38年、連続爆弾魔草加次郎を追う記者・村野に女子高生殺しの嫌疑が。高度成長期を駆け抜ける激動の東京を舞台に、トップ屋の執念が追いつめたおぞましい真実とは。（井家上隆幸）
き-19-2

桐野夏生
錆《さ》びる心
劇作家にファンレターを送り続ける生物教師。十年間耐え忍んだ夫との生活を捨て家政婦になった主婦。出口を塞がれた感情はいつしか狂気と幻へ。魂の孤独を抉《えぐ》る小説集。（中条省平）
き-19-3

（ ）内は解説者

西村京太郎
寝台急行「天の川」殺人事件

ジョギング中のルポライターが殺された。数日後、今度はその恋人が車にはねられた。事件を解くカギは、被害者がワープロで書いた消えゆく急行同乗ルポにあると思われた。

に-3-2

西村京太郎
十津川警部・怒りの追跡（上下）

高校球児が覚醒剤中毒者に殺され、事件を追っていた被害者の兄、清水刑事も犠牲者となった。部下を失い怒りに燃える十津川警部は、恐るべき犯罪を企てる悪の巨大組織に闘いを挑む。

に-3-11

西村京太郎
野猿殺人事件

地獄谷温泉で猿とともに男が殺された。犯人はなぜ猿を殺さねばならなかったのか？　さらに凶器は東京でのOL殺人事件のものと一致して……。十津川警部ものを表題作他三篇収録。

に-3-20

宮部みゆき
我らが隣人の犯罪

僕たち一家の悩みは隣家の犬の鳴き声。そこでワナをしかけたのだが、予想もつかぬ展開に……。他に豪華絢爛「この子誰の子」「祝・殺人」などユーモア推理の名篇四作の競演。（北村薫）

み-17-1

宮部みゆき
とり残されて

婚約者を自動車事故で喪った女性教師は「あそぼ」とささやく子供の幻にあう。そしてプールに変死体が……。他に「いつも二人で」「囁く」など心にしみいるミステリー全七篇。（北上次郎）

み-17-2

宮部みゆき
蒲生邸事件

二・二六事件で戒厳令下の帝都にタイム・スリップ——。受験のため上京した孝史はホテル火災に見舞われ、謎の男に救助されたが、目の前には……。日本SF大賞受賞作！（関川夏央）

み-17-3

文春文庫

ミステリー・セレクション

（ ）内は解説者

高村薫
地を這う虫
——人生の大きさは悔しさの大きさで計るんだ。夜警、サラ金とりたて業、代議士のお抱え運転手……。栄光とは無縁に生きる男たちの敗れざるブルース。「愁訴の花」「父が来た道」等四篇。
た-39-1

北村薫
水に眠る
同僚への秘めた想い、途切れてしまった父娘の愛、義兄妹の許されぬ感情…。人の数だけ、愛はある。短篇ミステリーの名手が挑む十篇の愛の物語。山口雅也ら十一人による豪華解説付き。
き-17-1

篠田節子
夏の災厄
東京郊外のニュータウンで日本脳炎発生。撲滅されたはずの伝染病が今頃なぜ？ 後手に回る行政と浮び上がる都市生活の脆さを描き日本の危機管理を問うパニック小説の傑作。（瀬名秀明）
し-32-1

乃南アサ
紫蘭の花嫁
謎の男から逃亡を続けるヒロイン、三田村夏季。同じ頃、神奈川県下で連続婦女暴行殺人事件が……。追う者と追われる者の心理が複雑に絡み合う、傑作長篇ミステリー。（谷崎光）
の-7-1

皆川博子
光の廃墟
イスラエルの砦跡で発掘仲間を殺し自殺した日本人青年。姉は真相を探るため、弟のいた志願隊に入り込む。死海の畔で燃え上がる日本とユダヤの悲劇を描ききった傑作長篇。（小梛治宣）
み-13-6

高橋克彦
パンドラ・ケース
よみがえる殺人
雪の温泉宿に大学時代の仲間七人が集まり卒業記念のタイムカプセルが十七年ぶりに開けられた。三日後、仲間の一人の首無し死体が……。名探偵、塔馬双太郎が事件に挑む。（笠井潔）
た-26-1

文春文庫

ミステリー・セレクション

（　）内は解説者

黒川博行
カウント・プラン
物を数えずにいられない計算症に、色彩フェチ…その執着が妄念に変わる時、事件は起こる。変わった性癖の人々に現代を映す異色のミステリ五篇。日本推理作家協会賞受賞。（東野圭吾）
く-9-5

藤田宜永
巴里《パリ》からの遺言
放蕩生活を送った祖父の足跡を追って僕はパリにやってきた。娼婦館、キャバレー、パリ祭……。70年代の魔都のパルファンを余すことなく描いた日本冒険小説協会最優秀短篇賞受賞作。
ふ-14-2

井上夢人
もつれっぱなし
宇宙人も狼男も幽霊も絶対いないと思う方は是非ご一読を。作品全体が一組の男女の「せりふ」だけで構成された摩訶不思議な短篇集。「宇宙人の証明」など全六篇。（小森健太朗）
い-44-1

折原一
冤罪者
ひとつの新証言で〝連続暴行殺人魔〟河原輝男の控訴審は混迷していく。さらにそれが新たな惨劇の幕開けとなって……。逆転また逆転、冤罪事件の闇を描く傑作推理。（千街晶之）
お-26-1

柴田よしき
紫のアリス
夜の公園で死体と「不思議の国のアリス」のウサギを見た紗季。その日から紗季に奇妙なメッセージが送られてくる。恐怖に脅える紗季を待ち受けていたのは？　傑作サスペンス。（西澤保彦）
し-34-1

黒崎緑
ワイングラスは殺意に満ちて
死体の横にはいつもワインが……。フランス料理店の新米ソムリエ富田香の推理は冴える。ワインへのウンチクとエスプリに溢れるサントリーミステリー大賞読者賞受賞作。（有栖川有栖）
く-15-1